누가 사장 시켜 달래?

누가 사장 시켜 달래?

초판발행 2010년 5월 25일

발행인 안건모
책임편집 안명희
편집 최규화
디자인 이수정
독자사업 정인열, 윤지은
총무 정현민

펴낸곳 (주) 도서출판 작은책
등록 2005년 8월 29일(서울 라10296)
주소 서울 마포구 서교동 481-2 태복빌딩 5층
전화 02-323-5391
팩스 02-332-9464
홈페이지 http://www.sbook.co.kr
전자우편 sbook@sbook.co.kr

ISBN 978-89-88540-17-6 04810
978-89-88540-15-2 04810 (세트)

일하는 사람들의 글쓰기 2

누가 사장시켜 달래?

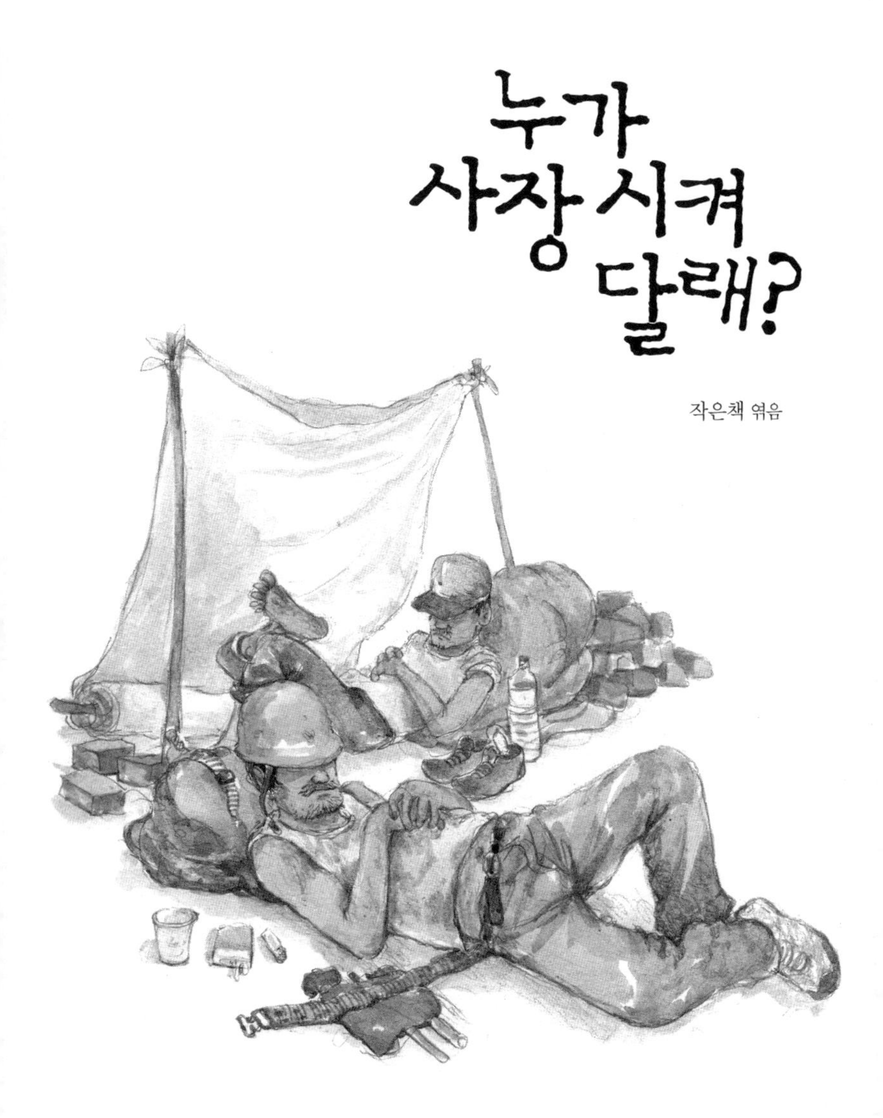

작은책 엮음

작은책

| 책을 펴내며 |

민중들의 이야기는 역사다

2000년 무렵, 월간 〈작은책〉을 정말 열심히 읽었다. 그때 나는 버스 운전을 할 때였다. 작은책에서 내세웠던 "일하는 사람이 글을 써야 세상이 바뀐다"는 표어를 믿고 열심히 글도 썼다. 버스 운전 일을 하면서 작은책 사무실에 드나들기 시작했다. 글쓰기 모임에 참여했고, 편집위원회에도 참여했다. 교정 일을 배워가면서 글을 손보기도 했다. 작은책에 들어오는 글은 모두 살아있는 글이었다. 노동자, 농민, 학생, 주부들, 모두 어쩌면 그렇게 맛깔스럽게 글을 쓰는지 신기했다.

이 책 《누가 사장 시켜 달래?》는 2000년 1월부터 2004년 12월까지 〈작은책〉에 실렸던 글 가운데 재미있고 감동 있는 글만을 고르고 골라 추렸다. '일하는 사람들의 글쓰기' 시리즈 둘째 책이다.

그때 쓴 글을 엮느라 다시 꼼꼼히 살펴봤다. 그 당시에 봤을 때보다 글 내용이 눈에 더 잘 들어왔고 그때 봤던 세상까지 다시 보였다. 아, 글쓴이들도 거의 아는 분들이었다. 송승훈, 장영란, 이한주, 안미선, 송경동, 이상석 같은 분들은 지금 책 한두 권씩 낸 분들이다. 아, 이분들이 그때부터 글을 쓰고 있었구나. 전혀 몰랐거나 어렴풋이 알던 분들이었다.

그때 그분들이 썼던 글과 지금 글을 견주어보니 세상이 변한 모습이 보였다. 광동고등학교 송승훈 선생은 "보충수업이 사라진 뒤에"라는 글을 썼다. 그 글을 읽고 어? 한때는 보충수업이 없었구나, 지금은 초등학교도 보충수업을 해야 할 정도가 됐는데 하는 생각이 든다. 아이들을 생각하는 송승훈 선생의 착은 마음은 그때나 지금이나 변함이 없다.

장영란 씨가 쓴 글을 보는 것도 새롭다. "농사지으며 정도 늘고"였는데, 시골에서 농사지으며 살면 식구 사이가 가까워진다고 했다. 나도 귀농을 하면 아내와 사이가 가까워질까? 요즘 서로 소 닭 보듯 살고 있어서 글을 보니 은근히 관심이 쏠린다. 장영란 씨는 노동운동을 하던 남편과 서울에서 살다가 귀농을 했다. 그 뒤 장영란 씨는 책을 서너 권이나 냈다. 지난달 3월에는 《농사꾼 장영란의 자연달력 제철밥상》이라는 책을 내기도 했다.

안미선 씨 글도 실려 있다. 옛날에 다니던 출판사에서 심하게 일하다 손목이 아픈 병을 얻고 회사를 그만두는 과정을 썼다. 요즘도 자주 만나는 안미선 씨를 다시 생각하게 되는 글이다. 그 뒤 안미선 씨는 〈작은책〉에 "여성의 일과 삶"을 연재했고 그 글을 모아 출판사 '철수와영희'에서 《내 날개 옷은 어디 갔지?》라는 제목으로 책을 냈다. 그러고 보니 작은책에 글을 실었던 분들은 거의 책을 냈구나. 흠~ 괜히 뿌듯한 마음이 든다.

노동자 시인으로 유명한 송경동 시인과 철도노동자 이한주 시인이 쓴 글도 있고, 이상석 선생이 쓴 글도 실려 있다. 이 책을 보면 세월이 가면서 사람들과 세상이 바뀌는 모습을 볼 수 있다. 안 바뀌는 건 노동자들의 열악한 노동조건이다. 비정규직은 더욱 어렵게 살고 있다.

그 밖에도 글을 쓴 사람 가운데 이름이 널리 알려지지 않은 이들도 많다. 이들은 모두 일상의 소소한 이야기들을 적었다. 그 소소한 일상은 우리를 되돌아보게 만든다. 우리를 되돌아보게 만드는 민중들의 이야기는 모두 역사다. 내 말이 아니라 조정래 선생 말씀이다.

"역사는 인간이 살아온 이야기이되, 기록해야 할 필요가 있는 것만 간추려 엮어놓은 기록이다"

2010년 5월
안건모

| 차례 |

글모음 둘 아무리 흔들어도 국물도 없다?

글모음 셋 우린 끝까지 간다

글모음

하나

날마다 없어지는 달걀 두 개

보충수업이 사라진 뒤에

"이놈들, 아홉 시까지 다 남아."

조회 때 교실에 들어가니 그때야 가방을 들고 교실에 들어서는 녀석이 일곱씩이나 된다. 2주 동안 계속 지각하지 말라고 이야기했는데도 지각생은 줄어들기는커녕 점점 많아지고 더 늦게 왔다. 내 입에서 큰소리가 튀어나왔다. 깨끗하게 살자고 했더니 교실 바닥에 쓰레기는 여전하고, 다 너희들 손에서 버려졌지. 생활기록부 전산처리할 사진을 가져오랬더니 일주일 동안 안 가져오고, 재활용품은 고작 열 명만 가져오고 이놈들, 도대체 내가 무슨 생각을 하기를 바라는 거냐! 오늘 다 집에 아주 늦게 가자. 오후 약속 다 취소해.

1교시 학급회의 시간, 반장에게 우리 반을 어떻게 잘되게 할까 대책회의를 하라고 하고, 나는 4층에 있는 교무실로 올라왔다. 첫째 시간이 끝나기 10분쯤 남았을 때 반장이 올라왔다.

"선생님, 다 끝났어요."

"제대로 했냐, 대충 끝내고 놀았냐?"

"정말 진지하게 했어요."

교실에 들어갔더니 몇 마디 주고받다가 갑자기 분위기가 험악해진다.

"선생님, 일찍 보내줘요."

"안 된다."

"다 선생님 마음대로군요."

"잘못하고도 잘못한 줄도 모르다니 그게 더 큰 문제다."

교무실에 와서 생각하니 학생들이 막무가내로 늘 대든 것은 아니었다. 지난번에 내가 다섯 가지 잘못을 칠판에 적고 한 가지 잘못마다 10분씩 늦게, 그러니까 그날은 50분 늦게 집에 보냈는데 그때는 아무 말도 없던 기억이 난다. 어쨌든 그날 우리 반은 모두 아홉 시까지 남게 되었다. 여섯시 반쯤에 갑자기 내 휴대폰 벨이 울린다. 현정이 목소리다.

"선생님, 얼른 교실로 내려오세요. 큰일 났어요."

옷자락을 휘날리며 계단을 뛰어내려가 교실로 들어섰다. 불이 꺼진 교실.

"까궁~끼아아~꺅꺅~!"

내가 들어오기를 숨어서 기다리다가 깜짝 놀라게 해준다고 난리다. 불이 켜진 뒤에 보니 아이들은 얼굴에 웃음이 함박이다.

"선생님, 또 남아요. 너무 재미있어요."

아침에 험악하던 분위기는 하나도 찾아볼 수 없었다. 꽉 옥죄인다고 해도 아이들이 곧이곧대로 기죽지만은 않겠구나. 그때 생각이 들었다. 보충수업이 여전했으면 이런 낭만도 없겠지.

보충수업아, 너 다시는 살아나지 말아라.

| **송승훈** 광동종합고 교사, 2000년 1월 |

농사지으며 정도 늘고

군불 지펴 따신 아랫목에 남편이 쉬고 있다. 겨울비가 추적추적 내리니 모처럼 한가하다. 이불에 다리를 묻고 앉았다. 결혼 곡선을 그리며 지나온 시간을 돌아본다. 남편 도움을 받으며 공책에 적는다.

우리가 언제 결혼했지? 83년.

그러니까 벌써 몇 년째야? 17년.

정현이를 언제 낳았나? 87년 대투쟁 있고 88년 임신해 그해 말에 낳고 안양을 떠나 90년부터 서울 생활 했지. 93년 잠실집 마련하고 95년 규현이 낳고 96년 젖먹이 데리고 산청으로 이곳 무주로 온 게 98년 맞나? 99년 작년 집 짓고 2000년을 새 집서 맞고. 이제 여기다 곡선을 그려넣을 차례다. 남편

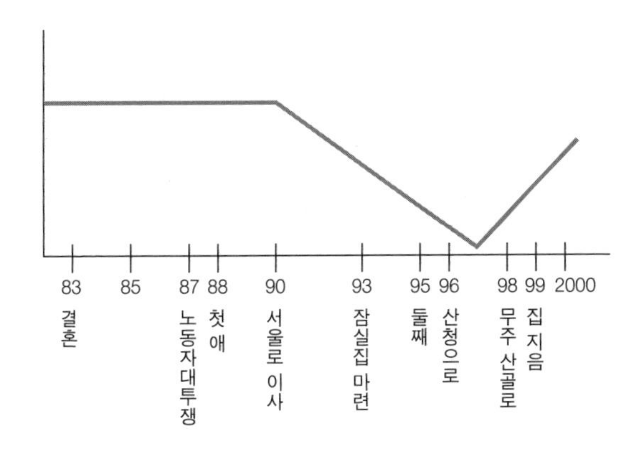

의견을 묻는다.

"당신은 우리 부부 사이가 언제 제일 좋았던 것 같아?"

"지금이지."

서슴없이 대답하곤 조금 쑥스러운 얼굴로 바라본다.

"그럼 언제가 힘들었고?"

"노동운동 정리하고 내가 별 할 일을 못 찾고 몸은 아프고 그러면서지."

"그때부터 당신과 나는 서로 얼마나 다른가를 날마다 확인하고 살았던 것 같아. 나는 서울 여자답게 서울 생활이 잘 맞고, 시골로 와서는 시골 남자인 당신은 힘을 얻고."

서로 끝도 없이 갈등하다가 겨우 마음의 여유를 갖고 서로의 다른 점을 편안하게 인정할 수 있게 된 게 지난 여름이다.

그때 남편이 했던 말이 떠오른다. '40년 넘은 나무를 낯선 곳에 옮겨심었으니 다시 뿌리를 내리려면 당신 힘들 거야.'

"내 생각에는 내 건강이 나빠지면서 힘들어졌고 여기로 와서 농사지으며 건강이 좋아지니 모든 게 좋아진다고 생각해."

"그럼 작년에 농사가 자리 잡히고 집 지으면서 우리 사이가 좋아진 거네."

힘들었던 골이 깊었던 만큼 우리 부부 사이가 놀랍게 좋아지고 있다.

시골에서 농사짓고 살면 식구 사이가 정말 가까워진다. 하루 종일, 1년 365일 붙어 지내니 '부부공동체'를 새로 꾸린 셈이다. 끼니마다 먹는 음식부터 만나는 사람, 찾아가는 곳까지 우리 부부가 함께한 지 올해로 3년째다. 도시서 살 때는 둘이 집에 있는 시간만 함께하면 됐다. 서로서로 잘 안다고 생각했지만 그때하고 지금하고는 하늘과 땅 차이다.

아이들과도 그렇다. 도시 삶은 식구 모두를 산지사방으로 흩어지게 하는 듯하다. 지금 우리 아이들은 아버지와 엄마와 함께 지내고 일도 함께한다. 아이들은 아버지 하는 일을 보고 아버지가 농사지은 거 먹고 아버지가 불을 때주면 따시게 자란다. 5학년짜리 딸은 농사일에서 집 짓는 일, 짐승 돌보는 일까지 따라하고 어른들과 대등한 자리에서 이야기 나눈다.

우리 집에서만 그러는 게 아니라 이웃집 새댁하고도 친구다. 사람이 귀하니 어른 아이 할 것 없이 모두모두 귀하게 여기며 산다.

물론 부부가 하루 종일 붙어 지내니 수없이 토닥토닥 한다. 그러면서 10년 넘어 함께 살고도 몰랐던 서로를 그리고 자기 자신을 바로 알고, 어찌해야 서로를 살리는지도 깨닫게 된다. 도시 살 때는 돈으로 해결했던 것들을 시골서는 어쨌든 우리 손으로 해내면서 서로를 고마워하고 믿음을 쌓아간다. 수도가 고장 나도, 담이 허물어져도, 이웃과 밥 한 끼 먹으려 해도, 방 따시게 불 때려 해도 남자 힘에 여자 손길이 맞닿아야 모든 일이 자연스레 풀리니 사는 잇속도 자연스럽게 바뀐다.

남편이 아름드리 땔나무를 한 경운기 해다가 톱질하고 도끼질하면 나는 잔가지를 한 짐 두 짐 해다 나르고, 남편이 똥거름 내다 밭 갈면 나는 씨 뿌리고 솎아주고. 도시서 살면서 구겨지고 주름 잡혔던 삶이 농사지으며 자연스레 펴진다. 이렇게 살아가면 이 세상을 좀 더 자연스럽게 살아가리라.

| **장영란** 2000년 2월 |

일기

나는 현대정공에서 일하고 있습니다.

직영은 아니고 청소하는 하청업체입니다.

구관 위아래층 모두가 내가 맡은 구역입니다.

일이 많은데다 위에서 못살게 굴어서 힘이 듭니다.

그나마 혹시 쫓겨나지 않을까 불안하기도 합니다.

쫓겨나지 않고 쉽고 재미있게 일하는 세상 어디 없을까요?

전에는 글을 몰라서 무척 답답했습니다.

장에 갈 때는 아이들이 사오라고 써준 종이를 가게 주인에게 보여주고 물건을 샀습니다.

기차를 탈 때는 아들딸이 기차에 올라와서 내 자리를 잡아주고 내렸습니다.

| **이윤희** 2000년 4월 |

보배 아빠,
멋진 아빠!

당신이 머리를 깎는다는 소식을 들었을 때, 제 가슴은 미어지는 것 같았습니다. 세수하는 것도 귀찮아 대강 물만 찍어 바르는 한 달에 두 번 감을까 말까 하는 머리를, 일 년에 두 번 깎을까 말까 하는 머리를 아예 빡빡 밀어버리면 내년 설까지 이발소 갈 일은 없겠지요? 그 큰 머리가 반짝반짝 빛나면 우리 보배 눈부셔 커다란 눈 자꾸 비비겠네요.

약간은 어벙해 보이는 그 순박함과 고향 오빠 같은 자상함이 사실은 마음에 들었지만, 당신한테 사랑한다는 말은 가슴 속 깊이 감춰놓고 지냈지요.

이쁘고 착하고 풍물 잘 치는 게 좋아 같이 살면 재미있을 것 같지 않냐고 넉살을 부리던 당신, 연애시절 4년 동안 변산, 지리산, 단 두 번 여행간 걸 무슨 자랑이라고 큰소리 치는 당신, 그래도 25평 아파트 전세 산다고 호기를 부리는 당신. 2천 500만 원에서 은행빚 천만 원을 빼면 1천 500만 원. 그래도 우리 보배 낳기 전까지 남산만 한 배를 하고 우석전자 조립라인에서 3교대로 일하고, 당신은 24시간 맞교대로 일하고, 그렇게 피땀흘려 모은 돈 1천 500만 원이 뿌듯했습니다. 그런데 당신이 지부장 되고 돈을 어디다 뿌리는지 나도 몰래 마이너스 통장 만들어 300만 원 빼 쓰고, 퇴직금 담보대출 500만 원을 받았다는 걸 알았을 때, 저는 고등학교를 마치고 고향을 떠나와 이 공장 저 공장 떠돌던 지난 10년이 억울해 눈물을 흘렸지요. 조합일 하는 걸 누가 뭐랬나요. 남산만 한 배를 하고 있어도 하루는 철야근무, 비번날은 새벽 두 시, 세 시, 뭐 잘한 게 있다고 초인종을 누르고, 서방님이 안 들어왔는데 자고 있다고 큰소리 치고, 꿀물이야 녹차 대령하고…….

그래도 우리 소중한 보배 아빠, 얼굴 본 지 열흘이 넘던 당신이 들어오던 날 저는 밸런타인데이라고 초콜릿을 드렸지요. 그러고 소식 감감이더니 겨우 머리 깎으니 구경 오라고. 무슨 경사라도 났나요. 당신이 머리를 깎는다는 소식을 들었을 때, 제 가슴은 미어지는 것 같았습니다. 도대체 뭐가, 누가 당신을 그렇게 화나게 했나요. 그걸 왜 제가 모르겠어요.

이 공장 저 공장 10년을 떠돌던 제가 왜 모르겠어요. 이 나라의 노동자가 당하는 고통을 왜 제가 모르겠어요.

보배 아빠, 보배는 당신이 얼굴을 잘 안 보여줘서 다행히도 모르니 보배가 아빠 알아볼 때쯤엔 비번날 일찍 일찍 들어올 수 있도록 빨리 끝내되 반드시 이기고 돌아오세요. 그때는 가슴속 깊이 감춰놓고 지내던 말을 하렵니다.

"당신을 사랑합니다."

보배 아빠, 멋진 아빠, 파이팅!

| **박상초** 구로차량지부 이종선 부인, 2000년 4월 |

자연...
그대로의 이름으로

지난해 10월에 심은 마늘이 싹이 나 올라오는데 너무 신기하다. 어릴 때에는 배고파 동네 마늘밭에서 그 매운 마늘종을 맛있게도 먹었다.

어머님이 이웃에서는 마늘 심는데 넌 뭐하노 하면서 잔소리를 하신다. "어머니, 마늘은 우찌 심습니까?" 카니까 어머님은 "고것도 모르고 농사지을라 카나? 니, 이때까지 뭐 배웠노? 마, 집어치워라." 하며 짜증을 내신다.

'처음 마늘 심을 때 이것을 어떻게 심지, 그냥 통째로 심나, 그냥 아무 마늘이라도 심으면 되나, 어떻게 해야 하나? 알아야 면장을 하지. 책부터 찾아볼까?'

음, 마늘은 따뜻한 남쪽에서 9월에 벼 타작하고 일찍 심은 올마늘(난지형)과 충청도 이북 추운 곳에서는 남쪽보다 늦게 벼 타작해서 10월에 심는 늦마늘(한지형)이란 게 있는데, 늦마늘이 올마늘보다 추운 곳에서 고생하며 자라서 매운 맛도 강하고 늦게까지 보관되어서 더 좋은 것이구나. 육쪽마늘이란 건 늦마늘을 말하는 거구나.

심는 법은 마늘 한 통을 한 쪽 한 쪽 나눠서 껍질을 벗기지 말고 소독약에 소독해서 땅에 지뼘에 하나씩 보일락 말락한 깊이로 심어라.(한 접이면 서너 평이 필요하다.) 그러면 보통 마늘 한 통이 육쪽이니까 한 접을 심으면 여섯 접을 거둘 수 있다. 그리고 심기 전에 거름도 좀 하고 석회도 좀 뿌리고 하라는데, 첨 해보는 것이라 억수로 어렵게만 느껴진다. 한숨이 나온다. 뭐가 이리 힘드노!!

하여간 시키는 대로 이웃에서 하는 대로 한 접을 심었는데 이웃에서는 한두 달 지나니 싹이 나고 커서 자라는데 우리 집은 싹도 안 나고 다 죽었는지 올라올 생각을 안 한다. 어머님은 "봐라, 다들 비닐로 씌우는데, 니 안 씌운다고 고집 피울 때 알아봤다"며 잔소리하시고, 나는 "거, 텃밭 몇 평 하는 거까지 비닐 씌웁니꺼?" 하며 오갈 때마다 보고, 땅을 파서 봐도 마늘이 다 죽었는지 꼼짝을 안 한다.

그런데 이놈이 지금 3월에 하나도 빠지지 않고 다 올라왔다. 얼마나 좋은지! 다 때가 되면 되는 것이구나.

비닐을 안 씌웠더니만 온갖 잡초가 올라와 풀을 매는데 잡초가 다 봄나물, 냉이다. 캐서 나물 해먹고 냉이국 해먹고 집에 봄 냄새가 물씬 풍겼다.

| **정부환** 노동자를 위한 연대 회원, 2000년 5월 |

어느 하루

어느 날이었다.

아침에 눈을 뜨니 햇살은 따갑게 늦잠 자는 나에게 재촉이나 하듯 부끄러운 나의 한 면을 비추고, 새벽부터 일어나신 엄마는 야단이다. "농군들은 벌써 일터로 나갔는데 우리 아가씨는 어이해 늦잠이누. 오늘은 특별히 해야 할 일들이 있으니 일어나라"는 분부시다.

일어나 대강 아침을 먹고 호미를 들고 밭을 매러 갔다. 고향도 이곳이고 자란 곳도 이곳인데 농사일에 익숙지 못해서 밭은 한 고랑도 못 매고 호미로 흙을 팔 적마다 벌레, 지렁이들 때문에 수선만 떨었다. "아휴, 징그러워." 듣고 계시던 엄마께서 또 한 말씀이시다. "농촌에 살려면 그런 것쯤은 지나쳐 버려야 되는 거여. 점심 먹고는 똥거름을 옮겨야 하는데 어떻게 하려고 그러는 거여." 사실 나는 어릴 적 초등학교 다닐 때를 제외하고 고향과는 멀리 떨어져 생활해 왔다.

잊지 못할 인천 동일방직!

한 4년 근무하다 우습게 해고되어 이 공장 저 공장 옮겨다니다가 모든 것이 시원치 않아 요즘 홀로 계신 엄마와 같이 지내고 있는 터이다.

점심 먹고 똥거름 치울 생각을 하니 괜히 서러움이 복받쳐 올랐다. 아버지가 저세상으로 가시고 하나밖에 없는 남동생은 나처럼 직장을 찾아 서울로 떠났고 이 집은 엄마와 내가 지키고 있는 것이다. 적은 농사지만 모든 일을 엄마가 해야 된다고 생각하니 얘기치 못할 안타까움만 내 머리엔 꽉꽉 차 있는 것이다. 하지만 이런 생각으로 시간을 보낼 여유는 없었다. 자리를 박차고 일어나서 똥통에 엄마가 퍼넣은 똥거름을 밭으로 옮기기 위해 물지게가 아닌 똥지게를 지고 가야 한다. 엄마는 나에게 이런 일을 시키는 것이 몹시 마음이 아프신 듯 눈물을 글썽이셨지만 나는 유쾌한 척 기분 좋게 지게를 지고 양쪽 동이의 무게 중심을 잡으며 걸음을 옮겼다.

비틀거리며 얼마를 갔을까? 물지게 끈이 끊어져 거름은 질펵하게 엎어져 버리고 나는 거름을 뒤집어쓴 꼴이 되고 말았다. 창피한 생각이 들어 사방을 두리번거렸다. 저쪽에서 청년늘이 "서기가 빝이냐, 미당이지." 하며 짓궂게 놀려댔다. 엄마는 "내가 할 걸 괜히 널 시켰구나." 하며 울먹이신다.

똥거름이 엎어진 모습을 보다가 퍼뜩 똥물사건 때가 머리를 스친다. 똥물 맞고 쫓겨난 인생. 그것도 부족해 해고에 취업 거부만 당해온 인생. 어떤 좌절감이 나를 사로잡는다. 공순이 생활과 고달픈 농군의 생활 속에서 헤어날 수 없는가. 그러나 나는 주위 환경을 극복하려고 노력했다. 그래서 해고를 당했는지도 모른다. 지금도 헤어져 생활하고 있을 수많은 형제들도 그러하리라.

살아야지. 굳세고 억세게 살아야지. 힘없이 날 바라보고 서 계시는 늙은 엄마를 생각해서라도 열심히 살아야지. 좌절감이 아닌 힘이 솟는 듯하다.

냄새 나는 거름 그릇과 흩어진 거름을 빗자루로 힘껏 한 귀퉁이로 밀어놓고 허리를 펴고 넓게 펼쳐진 논밭들과 열심히 일하고 있는 사람들을 바라보다 머리를 들어 하늘을 쳐다본다. 세상을 떠나신 아버지의 미소처럼 높고 푸르게 환히 날 지켜보는 것 같다.

하늘은 나를 지키고 우리 가족을 지키고 주위에 많은 착하고 바른 마음으로 사는 사람들을 지켜줄 것이다.

| **유경숙** 동일방직 해고자 모임, 2000년 7월 |

깎다 보니 빡빡!

변산공동체에는 이발사가 따로 없습니다. 머리손질에 관심 있는 사람들과 또 맘이 맞는 사람끼리 돌아가며 이발합니다. 그러다 보니 뜯어먹은 자국도 보이고 빵구머리도 있고 머리 모양이 가지각색 볼 만합니다.

변산공동체는 학교도 운영하고 있습니다. 학생이라고 해 봐야 아직 열 명 남짓이지만 이 애들도 공동체 가족이 이발을 해주고 있습니다.

하루는 논에서 늦게까지 피를 뽑고 저녁시간 맞추어 돌아왔는데 학생인 정민이가 "형, 내일 졸업식인데 머리 좀 깎아 줄 수 있어요?" 했습니다.

"그래, 아직 저녁시간 되려면 시간도 있으니까 그러지 뭐."

그런데 정민이는 학생 중에 유일하게 염색을 해서 갈색머리입니다. 약간만 다듬어달라고 해서 돌아가며 손질을 해주었는데 정민이가 욕실에 다녀와서 "형, 얼굴이 길어 보이고 머리가 가발 쓴 것처럼 보여." 하는데, 내가 봐도 손질한 부분은 검은머리가 나오고 윗머리는 갈색머리라 붕 뜬 것 같은 느낌이 듭니다.

"형, 그냥 스포츠로 깎아줘요. 피곤할 텐데 미안해요."

"괜찮아. 내일 졸업식인데, 해줄게."

저녁시간은 7시 30분인데 저녁은 둘 다 늦게 먹기로 하고 두 번째 이발을 했습니다. 그런데 한여름이라 마당에서 이발하다 보니 서로가 모기에 물리고, 백열등 아래라 불빛에 아른거리고, 공동식당에서는 한 시간이 넘었는데도 밥 먹으러 안 오니까 그만하고 내려오라고 하고, 멀리서 식사 다 하신 군대 이발사 아저씨가 아직도 하냐며 동네 떠나갈 듯이 얘기하고, 결국 저녁 8시 30분이 되어서야 끝났습니다. 한두 시간은 한 거죠.

서툴지만 최선을 다했고 정민이가 스포츠형은 맘에 들겠지 했는데 거울을 보고 오더니 끝내 앞이 깜깜해졌습니다.

"형, 논에서 피 뽑고 밥도 못 먹고 피곤할 텐데 미안해요. 그냥 빡빡으로 내일 아침 일찍 학교 가기 전에 깎아줘요."

아, 어떡하지.

"정민아, 그러지 말고 여러 사람들한테 괜찮은지 물어보고 결정하자. 졸업식 끝나면 태백에서 속초까지 5박 6일 여행도 가야 하는데 신중히 생각하자."

설마 했는데, 아유 머리 아퍼.

"형, 괜찮아요. 그냥 깎아줘요. 이럴 때 한번 빡빡으로 깎고 싶어요."

정민이도 속상하겠지만 웃으면서 얘기하는데 정말 미안하고 어떻게 해야 할지.

"정민이 니가 빡빡으로 깎으면 형아도 빡빡으로 깎을게. 같이 깎자."

"형, 괜찮아요. 그렇게까지 안 해도 돼요. 미안해요."

"야, 사나이 의리가 있지, 그럴 수 있냐. 같이 깎자."

결국 아침 6시에 만나 둘 다 빡빡으로 깎고, 하루 사이에 변산공동체에서 갈색머리와 노랑머리가 빡빡으로 돌아다니니 다들 충격에 빠졌습니다.

"어, 머리가 왜 이래. 그러고 여행 가려고."

보는 사람마다 웃으면서 신기하다는 듯이 쳐다봅니다.

"묻지마, 사연이 있어."

그래서 변산공동체에는 돈 받고 이발한다는 말이 있습니다.

| **조춘호** 변산공동체, 2000년 8월 |

우리 언니

언니는 고생스럽고 힘들게 자랐다. 육남매 장녀로 태어난 언니는 우리 집 살림밑천이었다. 농사일을 거들면서 집안살림에 바쁜 엄마를 도와 동생들을 업어 키우다시피 했다. 농사철이 시작되면 학교 가는 날보다 결석하는 날이 많았다. 모내기하는 날이나 김매기하는 날, 벼 베고 타작하는 날도 마찬가지였다. 많은 사람들이 모여 일하는 날이면 당연히 학교에 못 갔다. 엄마가 시키는 대로, 아버지가 부르는 대로 움직였다.

젖먹이 동생을 업어주면서 큰동생도 같이 데리고 놀아주어야 했다. 집과 논을 오가면서 물 심부름, 담배 심부름도 해야 했다. 어느 농가나 마찬가지로 우리 집에도 널려 있는 게 일이었다.

고양이 손이라도 빌리고 싶었던 엄마에게 언니는 가려운 곳을 구석구석 긁어주는 효자손이었다. 풀이 많은 곳으로 소도 갖다 매어놓고 돼지죽도 퍼다주었다. 2킬로미터가 넘는 길을 걸어서 학교에 갔다 오면 책보자기를 마루에 놓기 바쁘게 엄마는 언니 등에 동생을 업혀주었다. 동생 봐주기가 너무 지겹고 친구들과 놀고 싶어서 집에 늦게 오는 날에는 호되게 야단도 맞았다.

언젠가 언니는 학교까지 동생을 데리고 가야 할 처지가 됐다. 두세 살 터울의 출산에 산후조리가 부실했는지, 엄마가 편찮으신 것이다. 뚜렷한 병명도 없이 시름시름 앓아누워 지내셨다. 화롯불에 한약을 자주 다렸다.

씁쓰무리한 한약 냄새가 집안 여기저기 배였다. 언니는 그나마 다니던 초등학교도 졸업을 못하고 그만두었다. 꿈과 희망도 없이, 욕심도 없이 어린 나이로 우리 집 형편에 맞추어 살았다. 아궁이에 불을 지펴서 밥을 짓고 설거지도 했다. 개울가에 나가서 빨래도 해왔다. 언니는 엄마가 시키지도 않고 할 수도 없는 일도 했다.

내가 초등학교 입학도 하기 전 한글을 가르쳐준 것도 언니였다. 구구단도 달달 외우게 가르쳐주었다. 동네 친구들과 홀가분히 놀 틈도 언니에겐 없었다. 일만 하는 어린 것이 안됐다 싶으셨는지 엄마가 가끔은 가만히 눈짓을 하신다. 나가서 친구들과 놀다 오라는 신호였다. 눈치 빠른 나는 기어이 쫓아갔다. 언니 친구들의 곱지 않은 눈총을 받으면서 왜 그랬는지? 잠시라도 언니를 편하게 못해주고 찰거머리처럼 쫓아다닌 내 어릴 적 행동이 쥐어박고 싶도록 얄밉다.

지난해 텔레비전에서 50, 60대 어른들의 눈물을 보았다. 그동안 한글도 모른 채 살아오다가 주부교실 한글반에서 글자를 깨치신 회한의 눈물이다. 이런 사정 저런 이유로 못 배우셨던 그분들이 모두 다 우리 언니 같다.

| **권명옥** 주부, 2000년 8월 |

해후
– 병렬이 2

10년 전
저마다 공장을 떠나고
새로운 일거리를 찾아 어디론가
자취를 감출 때
갓 제대하고 돌아온 그는
동지들과 약속을 지키겠다며
공장에 들어갔지
어쩌다 야근하고 배고프다며 우리 집에 들르면
유난히 발 냄새가 심하여
땀 흘려 일하지 않는 내 발바닥이
못내 부끄러웠는데
그 기억조차 이젠 정말 희미한데

서른세 살의 병렬이를 초상집에서 만났네
아직 공장에서 기계와 나무를 만지며 산다고

공장 생활 10년 되니 일당이 2만 원이라며
큰 입을 가리지도 않고 웃네
건설회사 과장이 된 한 선배는
잔업하고 야근하면 월급이 100만 원은 넘겠다며
가슴 아픈 농담을 하고
햇빛도 없는 작업장에서 일하면
얼굴이 하얗게 떠야지 왜 그리 까마냐고
공무원이 된 선배는 연신 고개를 갸우뚱거리고
작은 공업사를 차린 선배는
그 월급으로 결혼하여 애 낳고
부모님 모시며 살아갈 수 있냐고
자기 일처럼 얘기하네

누군가 노조 활동은 잘하냐고 묻자
지친 그의 눈이 빛나네
현장 소식을 분노와 무용담까지 섞어
민망한 우리를 감동시키더니
공장 생활 10년에 골병들었는지
따라주는 술도 못 마시네
나이든 형들 앞에서
어쩔 수 없이 보약이라도 먹어야겠다며

계면쩍게 웃는 병렬이를

오랜만에 초상집에서 만났네

| **조혜영** 조리사, 2000년 10월 |

어이 택시, 시청 앞

일반 사람들은 무인경비업체 직원들을 보고 경찰이나 택시기사 들로 착각을 많이 한다. 아닌 게 아니라 요즘에도 가끔 보면 나이 드신 분들이 캡스 순찰차를 택시로 오해하고 손을 흔드신다. 그럴 때마다 나는 그때 일이 떠올라 절로 웃음이 나온다.

5년 전 새내기 캡스 야간근무 시절에 있었던 일이다. 가입자 요청으로 키 지원(key 지원 : 회사 열쇠를 갖고 있지 않은 가입자가 급한 일로 회사에 들어갈 때 문을 열어주는 일이다.) 업무를 마치고 순찰을 도는데 어느 중년 신사 한 분이 느닷없이 앞자리 조수석 문을 열더니 옆자리에 앉았다. 깜짝 놀라서 나도 모르게 가스총을 뽑고 나서 자세히 보니 너무 취해서 몸도 제대로 가누지 못할 정도로 비틀거리고 있었다. 알아듣지 못할 만큼 혀 꼬부라진 말로, "기사 양반, 시청 앞으로 갑시다." 하는 것이었다.

이 중년 신사는 캡스 순찰차의 경광등을 보고 택시 간판으로 알았나 보다. 너무 어이가 없어 처음엔 멍하니 바라보다가 '이 차는 택시가 아니니 내려서 진짜 택시를 타십시오.' 하고 말하고 싶었으나 많이 취했고 밖에는 부슬부슬 비가 내리고 있어 택시 잡기가 쉽지 않을것 같아 어떻게 할까 생각을 했다.

시청 쪽이면 내가 가려던 목적지를 약간 돌아서 가야 하는 길이라서 갈등을 하였다. 정말 내가 손님을 탑승시킬 때 거리를 가늠해보는 그런 택시기사가 된 기분이었다.

"아저씨 댁이 시청 앞이세요?"

신사 분은 그렇다고 고개를 끄덕이더니 이내 머리를 앞으로 숙인 채 잠이 들었다. 웃음이 나왔다. 얼마나 취했으면 긴급차량 경광등과 택시 간판을 구별하지 못한단 말인가?

결국 차를 몰아 시청 앞에 도착했다. 나는 장난기가 발동해 "손님, 다 왔습니다. 시청 앞입니다." 하고 말하니 힘겹게 눈뜬 신사 분은 이내 사방을 두리번거리더니 자신의 집 근처가 맞는지 지갑을 꺼냈다.

"얼마입니까?"

"그냥 내리십시오. 이 차는 택시가 아니고 경비순찰차입니다."

그리고는 사이렌에 경광등까지 켜가며 설명을 해줬다. 이내 눈치를 챈 신사 분은 어쩔 줄 몰라 하며 차에서 내리더니 "아이고 죄송합니다. 감사합니다"를 연발하며 총총 걸음으로 집 쪽으로 향하였다.

나는 다시 한 번 크게 웃으며 내 목적지로 차를 몰았다. 웃음 속에 흐뭇함이 묻어나왔다.

사무실로 돌아가는 다음 날 아침, 하늘은 맑게 갰고 나는 새벽 일을 떠올리며 퇴근을 하였다.

| **김종인** 무인경비업체, 2000년 10월 |

우리 어머니는 청소부

우리 어머니는 청소부이십니다. 1층에 은행이 있는 6층짜리 건물을 청소하십니다.

고향을 떠나온 지 8년이 되었습니다. 고향을 떠나오기 전부터 어머니는 참치통조림공장에 다니셨습니다. 한겨울에도 냉동창고에서 꽁꽁 얼어 있는 참치의 배를 가르고 손질하는 일을 하셨습니다. 어머니는 그 공장에서 인원 감원으로 직장을 잃었습니다. 우리 형제들은 잘된 일이라며 집에서 좀 쉬라고 했습니다. 그러나 어머니는 쉬지 않으셨습니다. 큰언니가 하는 식당에서 일을 도왔고, 하나둘씩 생겨나는 조카들을 전부 키우셨습니다. 그 조카들이 이제는 무럭무럭 자라서 어머니의 곁을 떠나게 되었습니다.

할 일 잃은 어머니께 우리는 관절도 좋지 않으니 이제는 찜질방에도 다니면서 쉬라고 했습니다. 어머니는 '그러마.' 하셨지만 어느 날 청소부 일을 하게 되었다고 하셨습니다. 우리 형제들은 극구 반대를 했지만 어머니는 "집에서 놀기만 하니 심심해서 못살겠다." 하며 한 달 전부터 청소일을 나가십니다.

유난히 땀을 많이 흘리는 어머니를 생각하면 여름이라는 것이 정말 싫습니다. 관절이 좋지 않으신데 그 많은 계단을 오르내리며 걸레질을 하실 어머니를 생각하니 정말 마음이 아픕니다. 가끔 전화를 해서 힘들지 않냐고 물으면 어머니는 "실실 놀아가면서 하는데 뭐가 힘들겠냐?" 하십니다. 그러나 힘들다고 말할 수 없는 어머니의 마음을 조금은 알 것도 같습니다.

현장 화장실을 가면 청소하는 아주머니가 계십니다. 그 아주머니를 보면서 '지금쯤 우리 어머니도 저렇게 일을 하고 계시겠지.' 생각합니다. 막노동을 하는 아버지께서도 지금쯤 햇볕에 검게 그을리면서 자식들을 위해 일을 하고 계실 것입니다. 어머니! 아버지! 그 끝없는 사랑에 진심으로 감사드립니다. 그리고 사랑합니다.

| **이문희** 한국동광노동조합 홍보부장, 2001년 1월 |

먹을 거 안 먹고
모은 학원비

여름방학이 끝나고 학교에 갔더니 담임선생님께서 우리 반 아이들한테 겨울방학 동안에 어떻게 공부할 건지 계획표를 짜보라고 하셨다. 그래서 나는 이번 겨울방학을 아주 빡빡하게 보낼 계획을 세웠다. 잠도 줄이고 책도 많이 읽고 밀린 문제집들도 풀고.

1년 동안 선생님과 선배들한테서 들어왔던 이야기가 있다. 고2 겨울방학 때 수리탐구2(과학, 사회)를 완벽하게 잡아놓지 않으면 3학년에 올라가서는 할 시간이 따로 없어서 힘들다는 것이다. 모두들 서울대, 고대, 연대 다니는 학생들에게 과외를 받거나, 학원은 거들떠보지도 않던 아이들도 종합반을 듣는다는 것이다. 공부하기를 싫어하는 아이들도 이번 겨울방학 동안은 독서실에 들어가서 새 사람이 되겠다고 한다. 그런 이야기를 들으면서 나는 아무 말도 하지 못했다. 그저 자기 자신에게 그런 투자를 할 수 있는 그 아이들이 부러웠다.

그날 집에 와서 생각해봤다. 내가 겨울방학 때 학원을 다닌다고 하면 엄마 아빠가 다니게 해줄까? 아무리 생각해도 택도 없는 소리였다. 엄마가 식당에 나가서 돈을 벌지만 벌어봤자 돈 몇 푼이라고.

나는 돈이 제일 많이 나가는 달에 집에서 나가는 식비, 주거비 같은 것들을 계산해봤다. 이것저것 조금 조금씩 내가 아는 것들만 계산해도 100만 원이 그냥 넘어가고 거기에 식료품비에 우리들에게 주는 용돈까지 합하면 엄마 허리가 휘어질 정도다. 정말 학원을 가고 싶은데 어떻게 방법이 없을까. 아르바이트를 해볼까? 하지만 점심시간이 되면 너무 배가 고파져서 친구하고 매점에 가서 조금씩 사먹었더니 돈이 조금밖에 남지 않았다.

10월부터 우리 학교 2학년이 야간 자율학습을 시작했다. 그래서 엄마한테 저녁 급식비까지 달라고 하고 나는 악착같이 굶었다. 지난달에 같이 굶었던 친구는 도저히 안 먹고는 못 버티겠다면서 급식비를 냈다. 친구들의 급식을 뺏어 먹어도 되지만 만약에 그러다가 영양사 언니한테 걸리면 담임선생님한테 불려가게 된다. 왜 안 먹는지 꼬치꼬치 캐묻는 소리에 대답할 말이 없어서 그냥 굶었다.

그러다가 어느 점심시간, 우리 반 아이들은 다 밥을 먹고 있는데 나는 또 굶는 중이라 반찬 냄새가 역겨웠다. 그래서 반찬 냄새가 적은 창가 한쪽으로 가서 엎드려 있었다. 그런데 우리 반 옆을 지나가던 담임선생님께서 갑자기 교실로 들어오셔서 아이들이 밥 먹는 것을 살피시다 내가 먹지 않고 있다는 것을 알게 되셨다. 다행히도 선생님께서는 나한테 왜 급식을 하지 않느냐고 묻지 않으시고, 안 먹어서 어쩌냐고 걱정을 해주셨다. 집에 돈이 없어서 그런 줄 아신 것 같다. 우리 집 사정을 잘 알고 계시니까.

그 다음 달에는 선생님의 도움으로 우리 반 급식당번이 되었다. 원래 그 달에는 다른 아이들이 그 일을 하도록 되어 있는데 나와 또 한 아이가 하게 되었다. 그래서 그 달에는 밥도 먹으면서 돈을 모으게 되었다. 그렇게 모은 돈은 10만 원을 넘게 되었고 나는 그 돈을 보면서 웃어야 할지 울어야 할지 몰랐다.

친구들의 소개로 좋은 학원을 알게 되었고 그곳의 수리탐구2를 수강하려면 얼마가 드는지 알아봤다. 내가 가지고 있는 돈이 많다고 생각했는데 얼마 안 됐다. 나는 그날 많이 울었다. 울고 나서 작은고모한테 돈을 빌리려고 전화를 걸었다. 말할 용기가 나지 않았는데 다행인지 불행인지 고모가 연락이 되지 않았다. 그래서 나는 그 학원을 포기하고 그냥 자버렸다.

그 다음 날 고모한테서 전화가 왔다. 우리 집 앞인데 점심을 사주겠다고 나오라고 하셨다. 나가보니 고모부와 사촌동생들도 와있었다. 우리는 갈빗집으로 가서 갈비를 배부르게 먹었다. 고모부께서 계산하시는 동안 나와 고모는 먼저 나와서 문 앞에서 기다리고 있었다. 그 사이에 고모는 나에게 용돈이라며 만 원을 주셨다. 나는 그 돈을 보자 갑자기 나도 모르게 말해버리고 말았다.

"고모, 나 방학 동안에 학원을 다니려고 하는데 내가 모은 돈에서 조금 모자라. 엄마 아빠한테 말할 수 없을 것 같아서……."

"얼마나 필요한데, 이거면 돼?"

하면서 고모는 서슴없이 5만 원을 주셨다. 갑자기 눈에 눈물이 맺혔다.

"고모, 내가 다음에 돈 벌면 배로 많이 갚을게요."

"그래, 꼬~옥 갚어."

고모는 웃으면서 내 팔에 팔짱을 끼우셨다.

"공부 열심히 해. 엄마 아빠 말씀 잘 듣고, 고모한테 자주 연락하구."

나는 아무 말도 하지 않고 그냥 고모를 보면서 웃었다.

이튿날 나는 학원으로 가서 수강 신청을 했다. 그런데 내가 하려는 것이 접수 시작한 지 일주일 만에 마감이 돼버려서 나는 더 싼 단과반에 수강 신청을 했다. 집에 와서 수강증을 보다가 잠들어버렸다. 진짜 말 그대로 먹을 거 안 먹고, 입을 거 안 입고 모은 돈으로 끊은 수강증이다.

| **남형주** 고양시 행신고 2학년, 2001년 1월 |

1000500301

본관 5층 병실에 면회가 하루 두 번으로 제한되는 때였다. 오후 면회시간에 맞추어서 오느라 땀을 흘리면서 할머니 한 분이 찾아오셨다. 앞에 서더니 치마를 들어 올리고는 참으로 요즘 보기 드문 복주머니를 허리춤에서 끄집어내셨다.

뭘 하시려나? 의아한 표정으로 지켜보았더니 꼬깃꼬깃 구겨진 종이를 나에게 내미신다. 손주며느리가 입원한 병실이라면서 어디로 가야 되냐고 물으시는데 '1000500301'이라고만 쓰여있다. 이게 뭘까? 무슨 암호? 참으로 알 수가 없었다.

전화기 옆에 서 계시던 다른 보호자 분께서 "할머니, 병실 번호 적은 종이를 잘못 가지고 오신 거 아니에요?" 하신다.

"할머니, 이거 말고 다른 데 적으신 거 없나요?"

나도 한마디 거들었다.

"아이구, 우리 손주가 불러주는 대로 썼는데 내가 귀가 어두워서 잘못 들었나……. 어이쿠 큰일 났네……. 죽을 끓여 왔는데 뜨실 때 먹여야 하는데 우짤꼬?" 하시면서 발을 동동 구르신다.

"할머니, 손주 이름 아세요?"

"손주 이름이 '○○구'고 대연동에 산다. 어서 찾아봐라?" 하시는데 어떻게 찾는담? 컴퓨터 파일을 열어 보호자 이름 끝 자가 '구' 자인 사람을 조회했다. 소아과에 입원해있는 애기 보호자 한 분이 '용구'였는데, 확인해보았더니 찾는 분이 아니었다.

참 답답하다. '1000500301' 십억오백만삼백일……. 도대체 무슨 뜻일까? 갑자기 머리를 회전시켜본다. 아! 이거구나. 나는 무슨 암호라도 해독한 것 같이 기뻤다. 아니, 엄청난 것을 발견한 것 같이 기뻤다. 손주가 불러주는 대로 쓰셨다는 할머니의 숫자는 천오백삼십일. 1531. 1000과 500과 30과 1을 합쳐서 1000500301. 참으로 기찬 숫자였다.

무거워 보이는 죽그릇을 받아들고 할머니를 모시고 본관 5층 1531호로 갔다. 손주며느리를 찾아서 병실 적은 종이를 보여드렸더니 눈이 휘둥그래지면서 "이게 뭐예요?" 한다. 이유를 설명하자 몸이 불편해하던 손주며느님이 수줍게 웃으신다. 참으로 지혜로운 할머님이시다.

새로운 숫자 1000500301호.

| **김성미** 일신기독병원, 2001년 2월 |

딸 셋인 친구의 결혼식

10년 만에 친구를 만났다. 야학에서 같이 공부하던, 아니 정확히 말하면 난 야학의 5기였고 그 친구는 9기였다. 하지만 내가 교회 산업부란 곳을 계속 다녀서 우린 친구가 될 수 있었다. 그는 동대문운동장에서 리어카에 화장품을 파는 조그만 포장마차의 사장이 되어 있었다.

딸이 셋이나 있고 포장마차도 세 개나 있는 재벌이라고 친구가 너스레를 떤다. 포장마차가 재벌이라고……. 우습지만 목이 좋아서 그런 포장마차는 구하기 어렵단다. 초등학교를 간신히 졸업하고 서울로 쫓기듯 올라와 공장을 다녔다. 그리고 배우고 싶어 야학을 다니고 검정고시로 고등학교를 마친 빽도 없는 그가 이렇게 사업을 하는 건 출세 아닌 출세다.

그의 결혼식에서 예전에 야학 다니던 친구들을 만났다. 합기도 도장을 하며 원장이 되어 있는 영대 오빠, 시청 앞에서 조그만 문방구 도매업을 하는 병우, 포장마차 옆에서 영세 포장마차를(달랑 포장마차 하나를 가졌기에) 하는 현수, 모두 반가운 벗들이다. 그 친구들은 결혼을 하고 알콩달콩 사는 친구들이고, 결혼도 못하고 아직도 총각인 은석이와 병훈이도 왔다. 만남이 반가운 친구들, 마치 고향 친구들인 양 좋아한다.

오늘 결혼한 천수는 딸이 셋이다. 사느라고 너무나 바빠서, 아님 돈이 모이길 기다려서 일곱 살 난 딸이 보는 데서 결혼식을 올리는 그 친구가 마냥 행복해 보인다. 면사포를 쓰는 게 소원이라고 말하는 부인 말에 벼르다가 하는 결혼식……. 어느 화려한 결혼식보다도 아름답고 소중한 결혼식이다.

"미경이는 잘 살지?"

"응. 결혼해서 잘 산다더라."

"야, 너 첫사랑 얘기하냐? 야, 신부 친구들이 우리가 유부남이라니까 다 가버렸네."

"야, 나는 아직 총각이야."

"너는 애인 있다며, 이 바람둥이."

우리는 시시콜콜 옛이야기를 했다.

언제 한번 다 같이 모였으면 좋겠다 했더니 부인이 싫어한단다. 뭐 좋은 과거도 아닌데 모이냐고 옆에 있던 대영이 형님도 한마디 한다.

"우리 집사람도 예전 사람 만나는 거 좋아하지 않아."

"왜요. 우리 열심히 살았었는데."

우리는 정말 열심히 살았는데, 가난의 굴레를 벗고 싶어 초등학교를 졸업하고 시골에서 서울로 공장 생활하러 온 열세 살 꼬마들이 마음 붙일 곳이 없을 때 야학은 우리에게 집이요 엄마 역할을 대신 해주는 곳이었는데……. 이렇게 30대 중반이 될 때까지 스스로 열심히 장사를 하거나 공장을 다녀서 이루어놓은 일들이 있는데, 그 과거가 소중하고 아름답지 않냐고 나는 되물었다.

그래도 왜 과거를 부끄러워하는지 또 한편 이해가 가기도 한다. 남편이 야학 출신인 게 뭐 그리 자랑스럽고, 가난했던 그 시절이 뭐가 그렇게 아름다웠겠는가? 그래도 지금은 다 사장님들인데, 성공했는데 하고 쓴웃음을 짓는다.

하지만 모두 한결같이 왕십리가 고향 같다는 말에 동의를 한다. 우리 고향, 발에 땀나게 뛰어다니며 일하고 공부했던 우리 삶의 뿌리. 지금은 각각 다른 현장에서 열심히 살고 있지만, 우리의 소중한 추억이 묻힌 그 시절이 그리 나쁘지만은 않았다고.

젊어서 사랑도 했고 의견이 달라 싸우기도 했고 또 열심히 갈등도 하던 왕십리. 이젠 30대 중반이 되어 다시 만나 소주

잔을 기울이니 그 또한 얼마나 감격스러운가? 뭐 그리 특별히 출세하거나 특별히 못하는 사람은 없지만 우리는 아직도 제 한 몸뚱어리를 열심히 굴려야 먹고사는 소시민이다. 우리와 같은 삶을 살겠다며 현장에 들어간 강학(야학 선생님)들은 자기한테 맞는 옷을 입고서 그들의 자리에 있고, 우리 또한 우리에게 맞는 옷을 입고 여기 이렇게 있다.

이렇게 세월이 가고 늙어지면 또 우리는 같이 모여 소주나 한잔 마시며 왕십리의 고향을 생각하고 맘속에 꿈을 잊지는 않고 살아가겠지. 모처럼 마신 소주의 기운을 빌려 "자식들, 다 출세를 했군." 하며 너스레를 떤다.

사람들이 붐비는 결혼식장을 빠져나와 이제는 혼자가 아니기에 밤새껏 술 마시자던 얘기는 뒤로 하고 한 사람씩 자기의 갈 곳으로 간다.

이젠 무엇을 같이 이루고자 하는 꿈은 없겠지만, 앞으로도 열심히 아주 열심히 살아갈 친구들을 생각하며 나는 집으로 돌아온다. 텅빈 내 자취방……. 나도 나를 반겨줄 가족이 있었으면 하는 생각을 한다. 허전하지만 나도 내 집으로 돌아와 기록을 한다. 금방 또 잊혀질 왕십리를 기억한다. 친구들을 새겨넣는다.

| **박영숙** 2002년 1월 |

오~예, 우린 이제 앉아서 똥을 눌 수 있다!

초등학교 6학년인 딸애와 1학년인 아들이 며칠 전 방학을 했다. 방학을 앞두고 둘은 대전에 사는 작은집 사촌들과 함께 만날 날만 손꼽아 기다렸다. 우리 식구는 두 달 전쯤에 경기도의 작은 산골 마을로 이사를 왔다. 처음엔 동네도 사람도 낯설어서 위축되었지만, 지금은 동네 할머니한테 배추나 푸성귀를 얻어먹을 정도가 되었다. 대전에서 사촌들과 같은 동네서 나고 자란 아이들은 하루에도 몇 번씩 전화로 안부를 물었다.

공부하는 남편은 대학의 시간강사이다. 이곳이 서울에서 가깝기도 하고 학교를 자주 드나들어야 하는 상황이어서 대전의 전세금을 빼어 지금 사는 곳으로 왔다. 그러나 그 전세금으로는 안에 화장실이 있는 집을 구하기에는 턱없이 부족했다.

드디어 대전에 내려가는 날이 되었다. 짐을 챙기는 동안 작은놈은 빨리 가자고 보채기까지 했다. 크리스마스 하루 전날, 두 아이들을 데리고 우리 부부는 동서울터미널로 갔다. 표를 끊고 시간을 보니 20분 넘게 남았다. 화장실을 갔다 오고 터미널 상점들을 이리저리 둘러보다가 버스 타는 곳으로 갔다. '대전'이라고 매달려 있는 팻말이 보이자 작은놈이 막 뛰어갔다.

"야, 아직 버스도 안 왔는데 왜 뛰어가냐?"

느긋하게 뒤를 따르던 딸애가 한마디 했다.

저것들 보내놓고 나면 홀가분하기도 하겠지만 그동안 보고 싶어서 어찌 지낼꼬, 생각하니 새삼스럽게 애틋한 감정이 일었다.

잠시 기다리자 버스가 왔다. 기다렸다는 듯 두 놈들은 냉큼 올라탔다. 줄지어 서 있던 사람들이 다 오르고 나서 나도 버스에 올랐다. 몇 분 동안 차가 떠나기 직전까지 아이들 옆에서 안전띠 매는 것도 확인하고 혹시 멀미가 나면 아까 산 물파스를 귀 뒤에 한 번 바르라고 일러주었다. 목마르면 물 마시고 가방 속에 있는 귤도 까서 먹고……. 내가 하는 말이 두 놈에게 쓸데없는 말인 줄 알면서 내 입에서는 뭔가 해줄 말이 또 없을까 궁리하고 있었다.

시간이 되자 흰 장갑을 끼면서 기사 아저씨가 올라왔다. 다시 한 번 아이들과 눈을 마주치며 나는 버스에서 내렸다. 출발 몇 초를 남겨두고 급하게 뛰어와서 타는 사람도 있었다. 드디어 압력밥솥 김빠지는 소리가 바닥에 깔리더니 버스 문이 닫혔다.

아이들은 두 얼굴을 유리창에 바짝 대고 납작하게 웃었다. 앞니 하나가 빠진 작은놈의 커다란 입이 더 크게 벌어졌다. 손가락으로 브이 자를 만들어 보이며 차가 움직일 때까지 그 들뜬 기분을 그대로 드러냈다.

떠나기 전날 두 녀석들은 자기네들끼리 어떻게 지낼까 수군대다가 합창을 하듯 한목소리를 냈다.

"대전에 내려가면 우리끼리 실컷 놀 수 있고 오~예, 큰고모네 집에도 가고 오~예, 작은고모네 집에도 가고 오~예, 교회 친구들도 만나고 오~예, 새 작은아버지네 아파트에도 놀러 가고 오오~예, 텔레비전도 보고 오호~예에……." 하면서 목소리는 점점 높아졌다.

그러다가 서로 눈을 부딪힐 듯이 들이대며 깜빡깜빡하더니 텔레파시가 통한 듯 큰소리가 터졌다.

"오~예, 우린 이제 앉아서 똥을 눌 수 있다!"

그러더니 두 놈의 히히거리는 웃음소리가 잠깐 동안의 격렬한 춤판으로 이어졌다.

"니들은 그럼, 그동안 서서 똥 눴느냐?"

내가 말하자 잠시 멈칫하던 아이들 웃음소리가 다시 왁자하게 퍼졌다. 생각해보니 서서 큰일을 보는 사람은 없지 않은가.

"엄마, 그런 게 아니고, 엄마도 잘 알면서 그러시네. 찬바람 쌩쌩 부는 밖에서 쪼그리고 앉아 똥을 안 눠도 된다, 그거야요. 밤에 가도 무섭지 않고 혼자 가도 괜찮고 두루두루 좋다, 그거야요."

딸애가 가락을 넣어가며 너스레를 떨었다.

이곳으로 이사 올 때 화장실이 안에 없어서 조금 불편할 거란 생각은 했다. 그런데 아이들은 화장실 갔다 오는 것을 무척 부담스러워한다. 날씨가 추워지기 시작하자 얼마 전 재래시장에 가서 요강을 사왔다. 부엌 한쪽에 자리를 차지한 요강은 식구들의 오줌은 받았지만 아무리 추워도 '큰것'은 화장실에서 봐야 한다.

언제부터 두 놈들은 약속이 돼 있었는지 볼일을 볼 때면 꼭 둘이 같이 간다. 한 놈이 일을 마칠 때까지 기다리는 놈은 심심하니 책 한 권을 들고 가기도 한다. 그러나 서로의 감정이 좋지 않을 때는 이미 약속된 '따라가 주기'가 원활하게 이뤄지지 않을 때가 있다. 그때는 내가 갈 수밖에 없는데 솔직히 귀찮을 때도 있다.

생리현상도 제각각이어서 딸애는 이틀에 한 번, 아들놈은 하루에 꼭 한 번 빼먹지도 않는다. 일 보는 시간도 생겨먹은 대로인지 성격이 느긋하고 급할 게 없는 딸애는 길다. 언제나 급해서 동당거리는 아들아이는 앉았다 하면 곧바로 짧고 굵은 게 뚝 떨어져서 자기 말대로 건강한 똥을 세상에 내놓는다.

이제 한동안 두 놈들은 찬바람이 새어들지 않는 안온한 화장실에서 볼일을 볼 것이다. 아침마다 산에 가자고 닦달하는 소리도 없고 텔레비전의 리모컨만 움직이면 여러 가지 만화영화를 볼 수도 있으리라.

집에서 버스 정거장이 있는 마을 입구까지 걸어가려면 아이들 걸음으로 20분이 충분히 걸린다. 우리는 왜 이렇게 불편한 곳으로 이사를 왔느냐고, 학교에 가고 올 때마다 아들놈이 징징거렸다. 하지만 지금은 저희들이 걸어가는 한가로운 동네 길을 사촌들에게 자랑하기도 한다. 잡동사니가 들어찬 다락에 두 놈들의 방을 꾸몄는데 이것 또한 그 자랑에 한몫을 한다.

작은집에 가면 빠진 잇새로 침을 튀기며 동네 얘기로 떠들썩할 아들과 그 옆에서 웃고 있을 딸의 얼굴이 눈앞에 삼삼하다.

| **한미숙** 2002년 3월 |

떡볶이 사먹었어요

일요일이다. 젊은 아주머니가 아이들 셋을 데리고 탄다. 이제 겨우 세 살, 네 살 정도 되는 아기들 둘과 초등학교 갓 들어갔을까 하는 아이까지 셋을 데리고 힘겹게 올라오더니 천 원짜리를 돈통에 집어넣고 저 뒤로 들어간다. 어? 왜 거스름돈을 안 가져가지?

"저, 아주머니! 거스름돈 가져가세요."

"괜찮아요."

아주머니는 자리에 앉으면서 대답한다. 나는 돈통에서 150원을 빼면서 다시 말했다.

"아주머니, 가져가셔야 돼요."

"아니에요. 만날 천 원 내고 다녔어요."

만날 천 원을 내고 다녀? 아이들 셋을 데리고 타니까 운전사한테 미안해서 그랬나? 하지만 초등학생 요금을 내도 거스름돈이 남는다. 나는 그 아주머니가 쓸데없이 돈을 낭비하고 있다고 생각했다.

"아주머니, 여기 돈이 나와있어요. 가져가셔야 돼요."

결국 아이가 나와 돈을 가져갔다.

버스 운전을 오래하다 보면 별별 손님들이 다 있다. 그 가운데 이렇게 요금을 내고 거스름돈을 안 가져가는 손님들도 있다. 다른 운전사들은 어떤지 모르지만, 나는 그런 손님들을 보면 기분이 언짢아지기까지 해 거스름돈을 꼭 가져가라고 한다. 우리 운전사들한테 도움이 되라고 그러는지는 모르지만 전혀 도움이 되지 않는다. 오히려 '돈이 많다고 거스름돈을 안 가져가는 거야? 왜 당연히 받아야 할 거스름돈을 쓸데없이 돈 많은 버스회사 사장한테 바치는 거야?' 하는 생각이 든다.

그런가 하면 요금을 안 내려고 속이는 사람도 있다. 할머니 할아버지들이 돈이 없어서 못 내는 건 그러려니 하는데 말쑥하게 차려입은 중년 신사나 아가씨들이 요금을 속이면 정말 얄밉다.

속이는 방법도 여러 가지다. 어떤 손님은 엄지와 검지로 300원을 쥐고 나머지 손가락 세 개와 손바닥 사이에 300원을 잡고 있다가 운전사가 다른 데를 보고 있으면 엄지와 검지로 쥐고 있는 돈만 낸다. 물론 운전사가 보고 있으면 손 안에 있는 돈도 다 낸다. 또 어떤 손님들은 모자라는 동전을 움켜쥐고 있다가 세게 집어던지듯이 돈통에다 손바닥을 쫙 펴서 던져넣는다. 소리가 크게 나고 흩어져서 운전사들이 얼마인지 모르라고 하는 거다. 하지만 우리 버스 운전사들은 다 안다. 손님들하고 싸우기 귀찮아 모른 체 넘어가다가도 아주 얄밉게 보이면 한바탕 싸울 때도 있다.

아주 버릇처럼 안 내는 할머니도 있다. 우리 회사 버스를 늘 타고 다니는 어떤 떡장수 할머니는 언제나 빨간 고무대야를 들고 버스를 탄 뒤 요금을 내지 않고 뒤로 가서 앉는다. 할머니는 자리에 앉아 앞치마에 손을 넣고 동전을 찾아 세는 척하고 있다가 운전사가 운전을 하느라 잊어버리면 돈을 낸 척하는 것이다. 나중에 운전사가 요금 냈냐고 물어보면 "냈어!" 하고 큰소리친다. 나는 처음에는 몰랐지만 몇 번 그러는 걸 보고, 또 동료 운전사들한테 듣고 알았다.

가끔 아이들도 버스 요금을 속일 때가 있다. 그런데 아이들은 어른과 달리 뻔뻔스럽지 못하다. 돈이 모자라는 아이들은 버스에 올라탈 때부터 눈치가 다른데, 그런 아이들은 운전사 눈만 뚫어져라 바라본다. 하루는 초등학교 2, 3학년으로 보이는 남자아이가 내 차에 올라오더니 돈을 내면서 돈통을 바라보지 않고 내 눈만 바라본다. '요놈 봐라.' 하고 내가 그 아이 손을 바라보니까 아이는 돈통에 돈을 내려다가 깜짝 놀라 얼른 손을 거둔다. 그리고 뒤로 비켜나 신발주머니에서 돈을 찾는 척한다. 한참 찾더니 고개를 들고 "돈이 모자라요." 한다. 푸하하! 나는 속에서 웃음이 터져나온다. 웃음이 나오는 걸 참으면서 다른 손님들한테 안 들리게 속삭이듯 물었다.

"너, 엄마가 준 차비로 뭐했어?"

"떡볶이 사먹었어요……."

그 아이는 혼날까 봐 겁먹은 얼굴로 나를 빤히 바라보면서 대답한다. 아이들은 천성이 착해 이렇게 남을 쉽게 속이지 못한다. 그래서 나는 아이들이 좋다.

| **안건모** 버스기사, 2002년 8월 |

우리 어머이

우리 어머이는 마을에 있는 초등학교(지금은 학교 문을 닫았다.)에서 경로잔치 한다고 이웃 어른들과 몇 번 간 것 밖에는 학교 문턱이라곤 밟아본 일 없는 '낫 놓고 기역자도 모른다.' 할 만큼 글자 한 자 모르는 진짜 까막눈이다.

어찌된 일인지 나는 아직까지도 우리 어머이한테 높임말을 쓰지 않는다. 다른 동무들처럼 높임말을 써보려고 해보았지만 잘 안 된다. 높임말을 쓰지 않고 여태까지 하던 대로 말하는 것이 어머이와 더 정겹고 가깝게 느껴지는 것 같다.

여든세 살인 우리 어머이는 열일곱에 시집 와서 지금까지 농사일을 하고 있으니 일흔 해 가까이 농사일을 하고 있는 셈이다.

나는 어머이가 예순이 넘자 "어머이, 어머이는 인자 나이도 많고 힘도 부치니 남새밭만 가꾸고, 다른 일은 내가 알아서 할낀게 제발 그리하자 응, 어머이." 하고 여러 차례 말해보았지만, 어머이는 그럴 때마다 못마땅하다는 듯이 "땅을 놀리몬 되나. 그라고 사람이 우째 일을 안 하고 가만히 있을끼고. 보름이(첫째 딸아이) 아범아, 나는 일하다가 죽을끼다. 그냥 놀몬 머할끼고." 하신다.

우리 동네에는 여든 넘은 나이에 농사일을 하는 사람은 어머이뿐이다. 제발 여름 땡볕에는 쉬고, 아침저녁으로 운동삼아 조금씩 하라고 하면 "나 알아서 할 거마." 한다. 여름 한낮에도 혼자서 콩밭, 깨밭, 옥수수밭, 고추밭, 고구마밭을 맨다. 내가 말린다고 될 일이 아닌 것 같았다. 여태까지 평생을 오직 농사일만 하면서 살아온 어머이인데, 하고 싶은 농사일을 못하게 한다는 것은 오히려 어머이의 마음을 아프게 하는 것이 아닐까? 하는 생각을 해본다.

남들과 어울려 술 마시고 노래 부르며 놀 줄도 모르고, 동네에서 한 해에 몇 차례 효도관광이니 해서 구경하러 가는 것도 좋아하지 않는다. 농사일이 없는 날이면 이웃 어른들과 집에 모여서 앉아 이야기하고 노는 게 고작이다. 오로지 농사일밖에 모르는 어머이를 어떻게 말릴 수 있을까? 아마 어머이는 머나먼 태평양 바다에서 잃은 큰아들, 죽은 딸, 살아오면서 그 밖에 온갖 가슴 아픈 일들을 농사일을 하면서 조금씩 가슴속으로 삭이고 때로는 잊기도 하면서 살아가고 있는지 모른다.

아마 우리 어머이는 어머이 말대로 정말 일하다가 죽을 것 같다. 한평생 농사일을 하였지만 가진 돈도 없고 재산도 없다. 가진 것이라곤 오로지 늙은 몸뚱어리와 넉넉한 마음뿐인 것 같다. 가끔 그리운 벗을 만나 술을 많이 마시고 가도 "술을 많이 묵었네"라는 말뿐이다.

어머이와 함께 일하고 이야기하면서 농사일뿐만 아니라 살림살이, 사람 사는 공부를 하는 것 같다. 어느 때에 어떤 씨앗을 뿌리고, 어느 시기에 거름을 줘야 하는지 배운다. 해마다 같이 호미로 김을 매기도 하지만 아직도 어머이처럼 반듯하게 잘 매지 못한다. 가끔 어머이가 김매는 모습을 한동안 지켜보기도 한다. 어떤 해는 가뭄이 심해서 봄부터 애써 가꾼 농사가 엉망이 되어버려서 나는 절로 한숨이 나오고 허탈한 마음뿐이었는데도 우리 어머이는 그런 나를 보고 "하늘이 그라는데 우짜것노. 내년에는 잘 안 되겄나." 하였다.

우리 어머이한테는 이웃 어머이들이 자주 놀러 오신다. 어머이는 과일이나 떡, 고구마, 사탕 같은 먹을거리가 생기면 이웃집 어머이들을 불러서 같이 이야기도 나누면서 먹는다. 그런 모습이 참 좋다. 제사 때나 어머이 생일날에는 나물을 많이 해야 한다. 혼자 사는 집에는 제삿밥을 갖다 주고 아침에는 집으로 불러서 어머이와 같이 먹기 때문이다. 아마 우리 어머이가 살아있는 동안은 그렇게 해야 할 것 같다.

10년 전 일이다. 우리 동네에 며느리와 사이가 좋지 않은 할머니가 있었는데, 몸이 좋지 않은 처지였다. 그 할머니가 어머이한테 자주 와서 잠자리도 같이 하였다. 어떤 날에는 똥오줌을 싸기도 하여 옷을 빨아 입힌 일이 한두 번도 아니다. 그래도 아무 말 없이 찾아오면 잠자리를 같이 하였다. 그리고 가끔 동네에 오는 약재나 여러 가지 물건을 팔러 다니는 보따리장수 할머니나 아줌마들이 오면 밥도 같이 먹고 잠자리도 같이 한다.

우리 어머니는 자식들이나 며느리가 보기에 하잘것없어 보이는 물건일지라도 함부로 버리지 않는다. 설, 추석 같은 명절이면 여러 가지 물건이 담긴 상자나 비닐봉지가 제법 생기는데, 상자는 곡식이나 다른 물건을 담는 것으로 쓰고, 비닐봉지는 그냥 써도 될 것은 모아두었다가 쓰며, 고기를 넣은 비닐이나 냄새가 나는 비닐봉지는 씻어 말려서 다시 쓴다.

나는 어머이와 함께 농사일을 하고 이야기도 나누면서 많은 것을 배운다.

| **이기주** 2003년 1월 |

동료 사이에 쓰는 말

한국표준과학연구원 노보 '한마음 한뜻' 1995.

| 1996년 9월 |

우리 할머니

우리는 할아버지, 할머니랑 함께 산다. 나와 내 동생, 엄마, 아빠, 할아버지가 일터로 학교로 가고 나면 집에는 할머니만 남는다. 할머니는 그때야 집안 모든 잡일을 하신다. 설거지, 빨래, 방 청소……. 허드렛일은 도맡아 하고는 편안한 것, 맛있는 것은 모두 우리한테 주시는 할머니를 뒤에서 볼 때마다 너무너무 가슴이 아프다.

요즘 우리 할머니는 무릎이 많이 아프시다. 그래서 계단을 오르내리실 때마다 아파서 끙끙대신다. 하루는 묵묵히 일을 하시는 할머니께 소리를 질렀다.

"할머니! 왜 자꾸 잔일 계속 해요? 몸도 안 좋으신데. 자꾸 그런 일하시면 몸도 안 좋아지고……. 맛있는 것도 좀 드시고 편하게 누워 계세요. 자꾸 맛있는 거랑 편한 것 우리 주시면 할머니는 뭘 드시고 어디서 편하게 있어요?"

그러자 할머니는 말없이 빨래를 하시며 "내가 좋아서 하는 일인데……, 별루 힘두 안 든다. 에구……, 이놈의 때가 왜 이케 안 빠지노? 나는 죽을 때 얼마 안 남았다 아이가." 하신다.

또 하루는 우리가 밥 먹는데 할머니께서는 밥을 안 드시는 것이었다. 우리가 밥을 다 먹고 나서 밥통에 누룽지를 긁어서 우리가 먹고 남은 반찬찌꺼기와 함께 드신다. 그래서 나는 시장에 나가서 내 돈으로 할머니가 좋아하시는 것을 이것저것 사다가 드렸다. 그랬더니 할머니는 계속 손사래 치며 "이거 와 이라노? 나는 누룽지가 더 좋다. 정 주고 싶으면 풀빵이나 도." 하시며 가장 싼 풀빵만 하나 드시고는 다시 누룽지를 드신다. 그때 방 밖으로 나오면서 할머니 뒷모습을 보니 눈물이 났다.

늘 메마른 손, 작은 키, 쪼글쪼글한 얼굴이지만 할머니를 그 누구보다 사랑한다.

'할머니! 너무 빨리 돌아가시면 안 돼요. 제가 꼭 돈 벌어서 할머니 맛있는 거 사드리고 편하게 관광시켜 드리고……, 다 하겠습니다.'

| **최순영** 부산진고 1학년, 2003년 1월 |

어느 협박범이 베푸는 사랑

변호사 일을 하다 보면 온갖 사건, 사람 들을 만나게 된다. 더러는 안타까운 사정 때문에 공짜 변론도 하지 않을 수 없다. 그러나 잘 풀려도 얼굴 한번 내밀지 않는 사람들이 많다. 그래서 '화장실 들어갈 때와 나올 때가 다르다'는 말이 실감나게 되는 것이다. 그러나 우연한 기회에 맡게 된 김 군 변론은 그러한 말에는 좀 맞지 않는 경우였다.

몇 해 전 과자에 독약을 넣겠다고 제과회사 사장에게 협박하여 돈을 뜯어내려던 사건들이 날마다 신문을 요란하게 수놓은 적이 있었다. 그때 김 군도 그 제과회사의 사장에게 편지 한 통을 썼다. 협박범들 때문에 얼마나 걱정이 많느냐, 자신은 무일푼으로 대학에 진학해 한 학기는 장학금을 받고 다

넜지만 이번 학기는 등록금이 없어 학업을 그만둬야 할 입장이니 한 번만 등록금을 내달라, 그러면 꼭 벌어서 갚겠다는 것이 그 편지의 줄거리였다.

회사도 경찰도 당시 긴장되어 있던 상태에서 이러한 편지를 받아보고 즉각 수사에 나서 김 군을 잡아 협박범으로 구속해버렸다. 편지 겉봉에 쓴 주소나 돈을 보내달라고 적어온 통장의 온라인 번호가 모두 사실대로였기 때문에 더욱 쉽게 잡힌 것이다.

그러나 수사 기록을 읽어보고 김 군 본인을 만나본 나는 김 군이 진정으로 협박할 뜻이 없었다고 생각하였다. 자신의 주소, 신분을 낱낱이 적었을 뿐만 아니라 그의 학적부나 집안 사정이 그 편지에 썼던 바와 하나도 어김이 없었기 때문이다. 그리고 무엇보다도 착한 그의 얼굴이 그런 짓을 할 리가 없다고 생각게 했다. 변호사를 몇 해 하다 보면 돌팔이 관상쟁이는 되게 마련이다.

담당 검사에게 이러한 사정을 부지런히 하소연하였으나 처음에는 어림도 없었다. 그러나 조사를 더 해보고 또 기소하면 무죄를 받고 말겠다는 으름장에 무죄받기는 싫었던지 그 검사는 오랜 생각 끝에 김 군을 석방하고 말았다.

쉽게 풀리리라고 생각하지 않았던 일이니 몹시 반갑고 자랑스러웠다. 그러나 김 군에게서는 아무런 연락도 없었고 나도 바쁜 나날 속에서 그 일은 잊어버리게 되었다.

그런데 그 뒤로 한 해 남짓 지났을 때 김 군에게서 편지 한 통이 날아왔다. 물론 협박 편지는 아니었다. 풀려난 뒤에 학교는 완전히 그만두고 배관공 기술을 익혀 지금은 어느 건실한 건축회사에 들어갔다는 것이다. 더 놀라운 것은 그 편지 끝에 자신은 이제부터 월급의 반을 남겨 자신과 같은 가난한 학생들에게 장학금을 주고 싶으니 변호사님이 알아서 처리해달라는 부탁을 한 일이다. 정말로 편지 안에는 소액환이 들어 있었다.

그 돈을 어떻게 쓸까 생각하다가 결국 김 군에게 되돌려주기로 마음먹었다. 그 돈을 부쳐주면서 나는 이렇게 말했다. 어렵게 번 돈의 반을 내놓겠다는 것은 대단히 훌륭한 일이다. 그러나 앞으로 결혼도 하고 가정도 가지게 되면 월급의 반은 너무 많다. 그러니 교회의 십일조 헌금처럼 월급의 일할만 내라. 또한 쓸 데를 남에게 맡겨버리지 말고 스스로 찾아 아무도 모르게 도와줘라. 그래야 돕는 보람도 더 찾게 될 것이라고.

그 뒤 김 군은 중학교 입학 자격 검정고시 공부를 하는 야학의 어린 노동자 두 사람을 친동생처럼 보살피며 돕고 있다고 연락해왔다. 물론 월급의 반을 대고 있는지, 내 도움말처럼 일 할을 대고 있는지는 이야기 듣지 못했다.

또 얼마 뒤 직장에서 만난 아가씨와 결혼하게 되었다는 청첩장도 왔다. 꼭 참석하려고 별렀는데 마침 지방의 서두를 일 때문에 가지 못하고 말았다. 그 뒤에는 아직까지 아무 소식이 없다. 그러나 나는 김 군이 예쁜 신부와 함께 행복한 결혼 생활을 해나갈 뿐만 아니라 조금씩 모으고 아껴서 총각 때 했던 그 착한 일을 계속하고 있으리라고 믿는다. 사랑이 많은 사람은 자신의 주변 사람들마저 착하게 만들기 때문이다.

| **박원순** 변호사, 민주 사회를 위한 변호사 모임, 2003년 1월 |

친정아버지

한가위 때 우리 식구들이 멀리 여행을 다녀오느라 시댁과 친정에 내려가지 못했다. 그래서 뒤늦게 어른들을 찾아가게 되었다. 내려가기 앞서 시댁에 드릴 선물과 용돈을 챙겼다. 친정에 드릴 돈은 드릴까 말까 망설이다 아까운 생각도 좀 들고, 선물이 있으니 괜찮지 싶어 준비하지 않았다. 남편도 우리 아버지가 은행에 넣어둔 퇴직금 이자를 받고 있고, 어머니는 연금을 받으니 넉넉하다 여겨서 그런지 그다지 드리려는 낌새가 안 보였다.

친정에 가서 인사를 드리고 선물을 드리니 "고맙다. 우리 은진이가 효녀구나. 이 서방 고맙네." 하며 좋아하신다. 그런데 선물을 가지고 갈 때는 '이거면 됐지.' 싶었는데, 풀어놓고 보니 선물이 너무 작아 보였다. 거기다가 아버지는 오랜만에 봐서 그런지 더 약해 보인다. 어머니는 갈수록 목소리도 커지고 강해지는데 아버지는 거꾸로 되어간다. 술과 친구를 무척 좋아하는 아버지가 올해부터 은행 이자가 반으로 줄어 용돈이 모자란 건 아닌가 싶기도 했다.

우리 아버지는 아들이 없어 딸만 넷을 잘 지키고 키워야 한다는 생각에 너무 엄격해서 반항을 참 많이 했다. 그런 나를 가장 많이 야단치셨지만, 한편으로는 참 많이 이해해준 분이 아버지였다. 학교 다닐 때 용돈이 언제나 모자랐다. 엄마에게 더 달라 하면 주지 않아 징징거리고 있으면, 아버지가 밖으로 불러내어 돈을 주셨다. 자존심이 다쳐 안 받는다고 튕기면 아버지는 술 취한 다정한 목소리로 "세상에서 가장 쓰기 편한 돈이 아버지 돈이다. 나중에 시집가서 살아봐라. 남편 돈은 제대로 못 쓴다." 하시며 손에 돈을 꼭 쥐여주셨다. 아버지 손은 술을 드셔서인지 언제나 따뜻했다. 아직도 그 따뜻함이 느껴진다.

그렇게 내 마음을 알아주던 아버지이고, 만나보니 늙으신 아버지가 안쓰러워 마음이 바뀌어 용돈을 드리고 싶은 마음이 들었지만 돈이 없었다. 남편에게 드리고 싶다고 말을 꺼내고 싶지는 않고, 엄마에게 빌려달라고 하자니 그것도 할 수가 없었다. 그러다가 엄마가 부엌으로 나를 부르더니 "며칠만 있으면 네 생일인데 선물을 못 샀다. 이거 얼마 안 되는 돈이지만 받아라." 하신다. 나는 고맙다고 말하고, 얼른 그 돈을 들고 안방에 혼자 앉아계신 아버지에게 갔다. 작은 소리로 "아버지, 용돈." 하고 드리니 안 받으신다. "이 서방 봐요. 얼른 넣으세요." 하고 손에 쥐여드리고 나왔다. 아버지가 좋아하신다.

남편 몰래 드렸지만 남편에게 미안하지 않다. 시부모님에게는 달마다 생활비를 드리는데 나도 우리 아버지에게 그렇게 해드리고 싶다. 남편은 우리 아버지 어머니가 넉넉하니 그럴 것까지는 없다고 말하는 게 얄밉고 섭섭하다.

드리고 싶었던 용돈을 드리고 나니 마음도 가볍다. 이제는 내가 아버지 마음을 알아주고 따뜻한 손을 내밀어야 한다는 생각이 든다. 우리 남편은 그런 내 마음을 모른다. 속으로 '못난 사람' 하고 욕도 한다. 가끔 어른들이 남편 모르는 돈이 있어야 한다고 했는데 그 까닭이 여기에 있었구나 싶다.

| **엄은진** 2003년 2월 |

미군
희생자

월드컵 환희에 젖어 있던 6월
소녀 둘이 억울한 죽음을 당했다.
세계는 한국을 주목했지만
한국은 그들을 주목하지 않았다.
그리고 11월
우리는 소녀 둘에 이어 나라도 잃었다.
버젓이 무죄 판결을 받고 걸어나오는
가해자 미군들이 뉴스에 나왔다.
그들은 카투사 앞에서
사건 얘기를 하며 웃어댔다고 한다.

사람 목숨을 둘씩이나 빼앗은 가해자에게
무죄를 선고할 수 있는 나라,
그것을 뻔히 보면서도
아무런 손도 쓸 수 없는 나라.

어느 쪽이 잘못하고 있는 건지
다시 한 번 세계가 주목하도록
미국과 세계를 향해
우리의 의지를 보여주자.

| **조덕상** 부산고 2학년, 2003년 2월 |

날마다 없어지는 달걀 두 개

내가 어렸을 때 아버지가 여천공단에서 일을 하던 때였다.

아버지는 집을 지키느라 가끔 심심해하시는 어머니에게 닭을 키워보는 게 어떠냐고 제안을 하셨고, 아버지의 권유대로 닭을 키우기 시작하면서 어머니의 얼굴은 환해지기 시작했다. 어머니는 신작로에 나와서 우리를 기다리는 것보다 시간마다 닭장에 들어가 달걀을 빼들고 나오는 일에 더 즐거움을 느끼시는 듯했다.

처음에는 세 마리였던 닭이 다섯 마리, 열 마리, 스무 마리까지 늘어갔다. 글쎄, 닭 때문에 우리 가족이 누리는 행복의 양이 늘어난 것을 어떻게 표현해야 할지…….

우리는 여느 아이들보다 풍족하게 달걀 음식을 먹을 수가 있었고, 어머니 대신 닭장에 들어가 아직도 온기가 남아있는 알을 두 손으로 소중히 받쳐 안고 나오는 기쁨을 맛보기도 했다.

어머니는 그렇게 모은 달걀을 들고 시장에 나가 팔기도 했다. 그리고 그 돈으로 우리 옷과 책가방, 학용품 들을 사는데 보탰다.

그러던 어느 날이었다. 어머니는 우리 형제를 모아놓고 중대한 선언을 했다. 내 졸업식이 끝날 때까지는 달걀을 먹을 수 없다는 것이었다. 동생은 울상이 된 얼굴로 까닭을 물었고, 어머니는 "형 졸업식 날 좋은 옷 한 벌을 해주기 위해서"라고 말했다. 졸업식은 한 달쯤 남아있었고, 그 졸업식에서 나는 전교생 대표로 상을 받기로 되어 있었던 것이다.

"느그 형은 좋은 옷이 없잖니. 그날마저 허술한 옷을 입게 둘 수는 없잖아?"

어머니는 부드럽게 웃으며 이해시키셨지만 그 설명을 듣는 두 동생 얼굴이 일그러지는 것을 보며 나는 마음이 아팠다. 동생들을 섭섭하게 하면서까지 새 옷을 입는 일 따위는 하지 않아도 될 것 같았다.

"엄마가 내 옷 때문에 마음이 아프다면 차라리 나는 졸업할 때 어떤 상도 받지 않겠다고 하겠어요."

듣고 있던 막냇동생이 말했다.

"아니야. 엄마는 형이 큰 상을 받게 되어서 얼마나 기쁜지 모르셔. 상을 받으러 아들과 함께 연단에 올라갈 그날만 생각하면 가슴이 설레시는걸."

그러고 보니 내가 상을 받을 때 어머니도 함께 단상에 나가기로 되어 있었다.

그 뒤 한 주가 지나서였다. 어머니가 근심스러운 얼굴로 나를 불렀다.

"달걀이 두 개씩 없어지는구나."

닭 중에서 날마다 꼬박꼬박 알을 낳는 닭은 열다섯 마리인데 달걀은 날마다 열세 개씩밖에 모을 수 없다는 것이다. 처음 하루 이틀은 대수롭지 않게 넘어갔지만 한 주 내내 그럴 수는 없는 일이라고 했다.

"정말 알 수 없는 일이다. 나는 너희들이 학교에 가면 주로 닭장 문 근처에서만 왔다갔다하거든."

어머니 말씀대로 닭장은 마당 한 귀퉁이에 있었고 대문에서도 한참이나 안쪽으로 들어와야 되기 때문에 쉽게 도둑맞을 걱정도 없었다. 설사 도둑이 들었다 해도 왜 하필 두 개만 들고 간단 말인가?

아버지께 알려 그 문제를 풀어보자고 했지만 해결되지는 않았다. 아버지는 밤마다 대문을 빈틈없이 잠그고 대문 옆에 개를 묶어두는 방법까지 동원했지만 도둑을 잡지는 못했다.

그 일이 계속되는 가운데 졸업식 날이 다가왔다. 약속대로 어머니는 그 전날 순천 장에 가서 내 옷을 사가지고 왔다. 붉은색 체크무늬 남방과 감색 재킷이었다.

"바지는 입던 것을 그냥 입어야겠구나. 달걀이 없어지지만 않았더라면 바지도 하나 살 수 있는 건데 그랬다."

어머니는 새 옷을 내놓으면서도 아쉬운 표정을 지었다. 그러면서도 아버지께 당신의 감격을 숨기지 못하셨다.

"여보, 난 정말 너무 기뻐서 연단에 올라가 울 것만 같아요."

마침내 졸업식 날이 되어 아끼고 아끼던 한복을 입고 나서는 어머니. 그때 우리 모두는 늑장부리는 막냇동생을 기다리기 위해 한참이나 마당에 서 있어야만 했다. 막냇동생은 아버지가 어서 나오라고 두 번이나 말한 다음에서야 방문을 열고 나왔다.

"형들 준비할 때 뭐했니? 어서들 가자."

아버지 말씀을 듣고 나서 우리 모두 막 몇 걸음을 떼었을 때였다. 제일 뒤에 처져 있던 막냇동생이 수줍은 듯한 목소리로 어머니를 불렀다. 우리 모두 뒤돌아보았을 때 막냇동생은 손에 하얀 고무신 한 켤레를 소중히 들고 있었다.

그제야 나는 한복 치마 밑으로 코를 삐죽 내밀고 있는 어머니의 낡은 고무신을 바라보았다. 얼마나 오래 신었던 것인지

색이 바래 흰색으로 보이지도 않았다. 나는 부끄러웠다.

막냇동생이 고무신을 내밀며 말했다.

"내가 엄마한테 주려고 샀어요. 하지만 너무 야단치지는 마세요. 달걀 두 개는 어디까지나 제 몫이었으니까요."

그날 어머니는 내 졸업식장 연단에 서기도 전에 눈물을 펑펑 쏟아 몇 년 만에 한 화장을 다시 해야 했다. 내 손을 잡고 연단에 올라가면서도 어머니 눈길은 막내가 내놓은 하얀 고무신 코에 머물러 있는 것을 나는 볼 수 있었다.

우리에겐 달걀이 단지 반찬으로서가 아니라 사랑의 다리 역할을 해주던 시절이었다.

지난 5월 20일은 우리 어머니 기일이었다. 아버지를 포함해 우리 가족 모두 오순도순 모여 즐거움이 담긴 이야기를 나누었다.

| **위공만** 2003년 3월 |

다방구가 뭐야?

"윤 장군! 자자!"

아들 녀석과 함께 누워 천장을 바라보고 있다. 이 녀석, 잠이 안 오는지 꽤 뒤척인다.

내일이 개학이라 잠이 안 오니? 친구들 만나고 선생님도 뵙고 참 좋겠다. 그치?

좋기는 한데……. 그것도 잠시야.

그래? 왜?

또다시 시작이잖아. 아침 일찍 일어나서 학교 가고, 갔다 와서 동사무소로 영어공부 하러 가고, 좀 쉬다 간식 먹고 태권도 갔다 오면 8시, 저녁 먹고 눈높이 하면 10시.

그렇구나. 아빠 어릴 적에는 안 그랬는데.

아빠 어릴 적에는 뭐 하고 놀았어?

아빠 고향이 서울이어서 주로 골목길에서 많이 놀았어.

어떻게?

겨울에는 주로 눈싸움을 많이 했지. 아랫동네하고, 윗동네하고. 우리 동네가 중간동네였거든. 먼저 편을 나누고 본부를 만드는 거지. 본부는 연탄재를 이용해서 쓰레기통을 중심으로 둥글게 만들지. 눈도 붙이고……. 본부를 다 만들고 나선 총알을 만드는 거야. 간혹 눈싸움이 치열해지면 눈 속에 연탄재도 넣고, 돌멩이도 넣고, 심할 땐 살짝 물을 뿌려서 얼음을 만들기도 했어. 그거 한번 정통으로 맞으면 혹 하나 정도는 기본이고 심하면 피도 나곤 했어. 그래서 웬만하면 던지지 않지만 정 위급하면 몇 개 던지곤 했지. 그러다 맞은 아이가 울면서 집에 들어가면 맞은 아이도 던진 아이도 양쪽 엄마에게 거의 죽도록 맞았지. 눈싸움은 항상 우리 동네가 이겼지. 너 손이 튼다는 게 뭔지 알아?

아니.

그렇게 겨울 내내 눈싸움하고, 눈썰매 타고 놀면 손이 꽁꽁 얼어서 거북이 등처럼 막 갈라지지. 그러면 원주고모가 뜨거운 물 받아다 손하고 발 담그고 퉁퉁 불려서 때수건으로 빡빡 밀면 얼마나 아픈지 넌 모를 거야……. 그리고 원주고모가 바세린을 발라줬지.

아빠 어릴 때 세수 안 했어?

응, 거의 안 하고 살았지. 수도가 마당에 있어서 추웠어. 세수는 고양이 세수, 발은 할머니한테 맞아가며 이삼 일에 한 번 정도…….

어이, 드러워.

아빠 친구들 다들 그랬는데……. 너 요즘 땅거지라는 말 잘 하지?

응. 개그콘서트에서 땅거지라고 코너가 있어.

그땐 정말 땅에 떨어진 것도 툭툭 털고 맛있게 먹었어. 정말이야.

어이, 참 더럽게스리……. 그럼, 여름엔 뭐하고 놀았어?

여름엔 주로 짬뽕, 발야구, 골목 축구, 다방구, 오징어, 38선……. 어휴, 정말 무진장 놀았다. 주로 골목에서 놀았지. 그땐 골목에 차가 없었으니까.

다방구가 뭐야?

응, 다방구는 먼저 가위바위보로 술래를 정하고 술래가 일정한 시간을 줄 동안 나머지는 도망을 가지. 여기서 또 한번 엄청난 주문이 시작되지. "무궁화 꽃이 피었습니다……." 술래는 무궁화 꽃을 한 열 번 정도 외치고 사람들을 찾아서 몸에 손을 대면 되는데 이렇게 잡힌 사람은 술래의 본부로 와서 포로가 되고 나머지 사람들이 포로를 구해야 해. 만일 모두 술래에게 잡혔을 때는 다시 술래를 정하는 거지.

본부가 어딘데?

본부는 주로 가장 큰 전봇대가 되지. 그때 술래에게 안 잡히려고 동네 뒷산 정상으로 도망간 놈도 있었고 집으로 들어간 놈도 있었지. 깍두기도 있었어.

깍두기?

응, 아이들이 모이면 홀수가 되는 경우에 가장 어린애가 깍두기가 되는 거지. 깍두기는 항상 공격만 하지.

그렇구나. 그땐 아빠 친구들하고 어떻게 만났어?

지금 너희들은 전화하기도 하고 버디버디도 하지만 그땐 문밖에서 "희웅아, 놀자~." 소리 치면 "그래, 나간다~." 하고 뛰어나가는 거지. 그러면서 동네 한 바퀴 돌면 친구들이 다 나오는 거야.

아빠 어릴 때 참 재미있었겠다. 아빠 어릴 때로 내가 갔으면 좋겠어. 지금 우린 밖에 나가서 다섯 명 만들기도 어려워. 애들이 없어. 그 다섯 명도 피시방을 한 대여섯 군데 돌아야 나올걸.

그러니…….

응. 아빠 어릴 때가 더 좋았던 것 같아. 지금보다…….

아빠, 졸려, 자자. 내일 또 이야기해줘…….

그래, 자자.

잠이 안 온다.
내가 왜 이렇게 잠을 못 자는 걸까?
잠자는 아들을 무심히 바라본다.

잘 자라, 아들아. 아빠가 너에게 정말 미안하구나.
네 아들은 아빠 어릴 때처럼 마음껏 놀면서 자랐으면 좋겠구나.

| **윤희웅** 2003년 4월 |

천냥 할아버지와 싹싹 할머니

'천냥 할아버지'와 '싹싹 아줌마'는 우리 아이들의 외할아버지, 외할머니의 별명이다.

친정아버지라고 선뜻 쓰지 못하는 것은 친정엄마가 재혼을 하셨기 때문이다. 재혼하신 지 햇수로 4, 5년이 넘었지만 스무 살 훌쩍 넘어버린 나이에 생긴 아버지라 아버지라는 호칭이 아직도 낯설다. 그저 아이들이 생겨 외할아버지, 외할머니라 부르는 게 그래도 어색하지 않아 다행이다.

'싹싹 아줌마'란 별명은 친정엄마가 사는 아파트 단지 주민들이 지어준 별명이라고 한다. 엄마 성격이 싹싹해서가 아니라 엄마가 지난해부터 아파트 청소를 하면서 얻은 별명이다.

이런저런 청소를 하는데 그 중 가장 많이 하는 일이 아파트

마다 있는 계단을 광내는 일이라고 한다. 바닥은 그냥 쓸고 닦지만 우리가 손을 짚고 다니기도 하는 계단 모서리는 이상한 이름을 가진 청소세제를 묻혀서 광이 나도록 싹싹 밀어야 하신단다. 오전 8시부터 오후 4시까지 일을 하시는데 '시간이 좋아서 좋다.' 하시지만 그래도 아파트 청소일을 하시고부터는 늘 관절약, 진통제 들을 달고 드시는 편이다.

젊어 혼자되시고 두 딸 키우며 안 해본 일이 없으신 우리 친정엄마는 활달하신 편이다. 그러지 않았으면 우리 둘을 키우는 데 더 힘이 드셨을 것이다. 한참 하셨던 노점상을 정리하고 아파트 청소일을 하면서도 엄마는 번쩍번쩍 일을 하신다. 계단을 열심히 닦으니 늘 싹싹 소리가 나고, 이 계단 저 복도 쌩쌩 소리가 나도록 다니시는 엄마의 모양새에 아파트 주민들이 엄마에게 '싹싹 아줌마'란 별명을 붙인 모양이다.

그런 엄마를 보면 잠시도 가만있지 못하고 뭔 일이든 해치우지 않으면 답답해하는 내가 엄마를 닮아 그렇다는 생각을 한다. 내가 사는 게 좀 힘이 들어도 그것은 엄마가 나에게 물려준 소중한 재산이다. 이런저런 아픔과 함께 물려받은 것이기도 하고.

그런 싹싹 아줌마랑 사시는 우리 아이들의 외할아버지는 천 원짜리 물건을 트럭에 가득 싣고 여기저기 다니며 장사를 하시는 '천냥 할아버지'다.

인정 많으신 우리 시어머니는 "기왕 하는 재혼, 돈이라도 좀 많은 사람을 만났더라면……." 하신다. 어떨 때는 나도 넉넉하지 못한 살림에 고생하시는 두 분 사는 모양새에 속이 상하기도 하지만 그래도 나는 엄마가 비슷한 처지의 할아버지를 만난 것이 마음 편하고 좋다.

우리 꼬맹이들과 함께 외갓집을 다녀온 날이면 그런 생각을 한다. 우리 꼬맹이들이 열심히 일하며 생활하는 외할아버지와 외할머니를 사랑하고 자랑스럽게 여길 수 있도록 키워야겠다는 생각. 아마 저절로 그렇게 될 것이다. 정말 그렇게 될 것이다.

| **한유미** 전교조 대구지부 총무국장, 2003년 6월 |

박양

여상 졸업반이던 3학년 겨울에 취업을 하여 정식으로 사회생활을 시작하게 되었다. 내가 첫 직장이라고 발을 디딘 곳은 노동조합 상급단체였다.

고등학생 시절, 대학생들을 따라다니며 '노동', '노동자'에 대한 역사를 배우며 그 단어만 들어도 가슴이 뜨끈해지던 나이에 나는 내가 들어갈 곳이 노동조합 상급단체라는 말에 얼마나 좋아했던지. 하지만 그 좋아함은 첫 출근부터 여지없이 깨지고 말았다.(그 여지없이 깨진 일들이야 어디 하나뿐이겠는가만은……)

사무국장이라고 소개받은 사람한테 업무 내용을 배우면서 전임 상근자와 인수인계를 시작했다. 오후에 상임집행위원회의가 있어서 상급단체 소속 단위노동조합 위원장들이 여러 명 왔다.

회의가 시작되고 얼마 뒤, 사무국장이 나를 찾았다.

"회의실에 음료수 좀 갖다 줘요."

"네……."

스무 살도 안 된 나는 첫 출근일이라 치마정장 차림을 하고 있었다. 쟁반에 음료수 스무 병을 담아서 신어본 적 없던 뾰족구두를 신고 부자연스런 발걸음으로 회의실 문을 '똑똑' 두드렸다. 의장을 중심으로 양쪽으로는 위원장이라 불리는 남성들이 약 열다섯 명 앉아있었다.

사무국장은 음료수를 내려놓고 나오는 내 뒤통수에다 "저 아가씨가 새로 근무하는 박양입니다." 하고 소개를 해주었다. 일제히 나를 쳐다보는 그 시선들이 부담스럽고, 내 처지가 생각할수록 기분이 나빴다.

내가 맡은 일은 사무국 간사 업무였는데, 운영규정에는 직원으로 밝혀놨고, 사람들은 나를 경리로 취급했다. 하지만 하는 일은 회의 준비에서부터 교육자료를 만들고, 온갖 행사 준비를 하고 회계업무는 기본으로 담당하였다.

회의를 마치고 나니 위원장들은 내게 와서 매월 단위노조에서 상급단체로 내는 회비를 내고 영수 처리를 하고 갔다.

사람들은 일제히 나를 '박양'이라 불렀다.

"아가씨 성이 뭔데?"

"네? 박씬데요."

"아, 박양이가……. 그래 앞으로 열심히 하래이."

처음 이 말을 들을 때는 얼굴이 화끈거리고 뭐라고 대답해야 할지 몰랐다. 고등학교 시절까지는 누가 "성이 뭐고?" "네, 박씬데요." 그러면 "어, 그래 박가가 어디 박가고?" "네, 밀양입니다." 이런 것이었는데, 박양이라 부르기 위해 성을 묻는 건 처음 겪는 일이었다. 아무튼 그 뒤로도 꾸준히 내 이름은 '박양'이었다.

사무실에 출근하면서 서서히 내가 하지 않은 것은 음료수를 접대하는 일이었다. 나는 이 '음료수 접대 거부'를 무슨 목숨 지키듯이 열심히 했다. 여름이면 냉장고에 음료수를 가득 채워놓고, "냉장고 안에 음료수 있음. 드시고 싶은 분 꺼내드시길." 하고 글씨를 써서 붙여놓기도 하고, 회의 시작 전에는 사무국장이 알아서 음료수를 챙겨가라고 여러 차례 교육시키고, 내가 커피를 타주기 전에 누가 타달라고 하면 눈에 힘 팍 줘가며 인상 드럽게 해서 타주고. 물론 기분 좋게 부탁을 하면 가능한 일이지만, 명령조로 다방 아가씨 부르듯 하는 그 말투에는 정말 눈물부터 날 것 같았다.

그러다 가끔은 단위노조 간부들이 상급단체라고 방문을 하면 커피를 타주곤 했는데, 어느 날에 수석부의장이라는 사람이 나를 보고 "박양, 커피 넉 잔!" 이러는 것이다. 수석부의장이라는 사람은 어떤 업체에서 그 당시 15년째 노조위원장을 하고 있던 사람인데 지금도 위원장을 하고 있을 게다. 정말 열받고 화가 막 올라왔다. '내가 무슨 다방 아가씨냐?'

그런 일이 잦자 나는 사람들이 와도 알아서 타먹으라고 커피, 설탕, 프림 그리고 컵을 커다란 쟁반에 챙겨서 회의실 탁자 위에 올려두었다. 아무튼 내가 첫 직장이라고 꽤 오랫동안 근무했는데, 내 이름을 온전히 불러주는 인간은 잘 못 봤을 뿐 아니라 오로지 '박양'이었다.

그놈의 '커피 몇 잔' 소리는 질리도록 들었고, 심지어 담배 심부름 때문에 한바탕 한 적도 있었다. 어떤 날은 강당에서 교육을 하는데 강연자에게 물을 한 잔 가져다주고 있으니 기획실장이라는 사람이 "이제 제대로 되어가네." 하는 말도 던졌다. 어디 그뿐이랴. 의장이라는 사람은 회의를 마치자마자 내게 인터폰을 해서는 "박양, 여기 재떨이 좀 치워라." 하며 소리를 지르지 않나, 별꼬라지를 다 당했다.

내 이름에서 '양' 자를 떼는데도 만 5년이 넘게 걸렸다. 내가 제발 "박양, 박양." 좀 그러지 말라고, 내 이름을 불러달라며 사무국장을 들들 볶았더니, 회의 안건으로 올려서 아예 '양' 자를 떼고 성 뒤에 총무차장을 달아주었다. 그 뒤로 내 이름은 '박양'에서 '박차장'으로 바뀌었다. '양'에서 '차장'

으로 바뀐들 무슨 소용이랴. 커피 심부름은 여직원이 마땅히 해야 하는 일로 생각하는 사람들의 의식이 하루아침에 바뀌는 것은 아니니 말이다.

노동운동 한다고 하는 사람들이, 물론 그들이 말하는 노동운동이란(엄연히 다른 운동이더라만은) 노동계에도 어용이란 존재가 있다는 것을 어찌 어린 나이에 알았겠는가. 아무튼 그 어용단체에서 여자가 너무 똑똑해도 소용없다는 빈정거림을 수차례 들었다. 여성차별에 대해 이야기하다가 위원장들하고 입씨름을 한 적이 한두 번이 아니며, 술집에서 빙어회를 먹다가 남녀평등 운운하다 접시가 날아가는 일까지 있었으니 말이다.(나는 아직도 빙어만 보면 파닥파닥 접시 위로 날아가던 그림이 떠올라 웃음이 난다.) 아무튼 그런 일들 끝에 얻어낸 게 '박양'이 아닌 '박차장'이었다.

지금도 이 땅에는 자기의 이름은 사라지고 '이양, 박양, 김양, 진양, 정양…….' 얼마나 많은 '양(?)'들이 화병을 앓아가며 살고 있겠는가.

| **박희은** 2003년 7월 |

내가 했던 자랑스러운 일 열 가지

01. 내가 다른 애들이랑 선생님을 도와주었는데 마음이 뿌듯하고 자랑스러웠다.
02. 선생님이 나에게 사탕을 주셨는데 땅에 쓰레기를 버리지 않고 주머니에 넣었다.
03. 나는 발표회 때 노래를 잘 불렀다.
04. 나는 학교에서 상을 받았다.
05. 나는 전쟁반대 시위에 갔다.
06. 나는 파병을 반대한다.
07. 나는 공부방에서 촛불의식을 했다.
08. 나는 공부방에서 평화공부를 했다.
09. 나는 목공을 잘했다.
10. 나는 공부방 꾸미기를 잘했다.

_ 고진우

01. 학교에서 미술과 독서신문을 잘하여서 최우수상과 동상을 받았다.
02. 발표회 날 틀리지 않고 웃으면서 끝까지 노력했다.
03. 학교에서 받아쓰기를 잘하여서 미니상을 받았다.
04. 나는 뜨개질을 잘한다. 그래서 목도리를 떠서 엄마께 드릴 것이다.
05. 엄마가 머리를 안 묶어줘도 내가 척척 잘 묶는다.
06. 저녁때마다 할머니 다리 안 아프게 언니와 같이 할머니 다리를 주물러드린다.
07. 그 전날에 눈이 안 보이는 할머니께서 슈퍼가 어디 있냐고 물어보았다. 그래서 도와드렸다.
08. 내 돈을 모아 어려운 사람을 도왔다.
09. 이라크와 미국이 전쟁할 때 전쟁반대도 하고 파병반대도 하였다.
10. 친구들끼리 싸울 때 내가 말렸다.

_홍연주

01. 쉬는 날에 아빠를 따라다니면서 도와주었다.
02. 전쟁반대할 때 기도한 것.
03. 발표회 때 웃음 참고한 것.

04. 나 혼자 속옷 빨래를 한다.

05. 원래는 아빠가 점심을 안 먹고 다니는데 먹고 다니라고 용돈을 모아 아빠한테 주었다.

06. 반전시위에 갔다.

07. 전철 안에서 시각장애인한테 돈을 주었다.

08. 저번에 학교에서 집으로 혼자 가는데 아저씨가 낙엽을 줍고 있어서 좀 도와드렸다.

09. 내 친구 물건을 다 쏟았는데 주워주었다.

10. 다 같이 인간방패를 만들었다.

_ 유슬기

| 기차길옆작은학교 4학년 아이들, 2004년 5월 |

부자들은 죽었다 깨어나도 못 느끼는

내가 전에 친구들과 뷔페에 간다고 엄마하고 한바탕 싸웠단 말이야. 6학년 땐가 중1 때인가 그랬어.

"엄마, 빨리 5천 원 도."

"3천 원밖에 없다."

그거라도 달라니 안 된다며 1,600원만 갖고 가래. 내가 막 소리지르며 그걸로 어떻게 가냐고 화를 내며 그냥 문을 콱 닫고 나갔어. 딱 나가는데 엄마가 3천 원을 다 주며 "자, 빨리 가지고 학교 가." 이러대. 나는 또 "3천 원을 가지고 우째 가라고." 하면서도 받아 가지고 학교 갔어.

학교 가니 아이들이 "5천 원 가지고 있제?" 이러대. "3천 원뿐이다." 하니 친구들이 2천 원을 빌려주며 가자고 해. 학교 마치고 뷔페로 갔지. 아이들과 기분 좋게 먹고 나왔지. 이제 집으로 가려고 나서는데 앞에 많이 봤던 사람이 걸어가고 있어.

'어! 우리 엄마네.'

난 반가워서 뛰어가 엄마를 불렀어. 뒤에서 보니까 다리가 아파서 두드리며 가더니 나를 보더니 다시 팽팽해. 우리 엄마는 억수로 작아서 요만하다 말이야. 그리고 몸도 약해서 많이 못 걷거든. 내가 "엄마, 왜 걸어다니노." 했어. 명장동 그 입구에서 우리 집까지는 억수로 멀단 말이야. 엄마가 "알 꺼 없다." 하고 그냥 가. 걷다가 갑자기 3천 원 생각이 나데. (이때부터 울먹이기 시작) 엄마는 차비까지 나한테 다 줬던 거야. 나한테 1,600원 주고, 나머지 1,400원은 딱 차비였어. 거기다 누나한테 물어보니 엄마 공장 월급 날짜가 이틀 뒤였어. 난 그때 방 안에 멍하니 서서, 50분을 걸어오며 거기다 키도 작고 말랐는데……. 점심은 먹었을까? 이런 생각이 계속 들어 엄마한테 큰 죄를 진 것 같았어. 난 그것도 모르고 소리를 질렀으니……, 엄마는 얼마나 속상했겠노. 난 그때부터 돈 달라고 떼쓰지는 않아.

지난 시간에 썼던 '감동 받은 일'을 이야기로 풀게 했을 때 이재화가 나와서 한 이야기다. 재화는 이야기하다가 그만 울먹이게 되었다. 민기가 "운다, 운다." 했다가 그만둔다. 민기도 마음에 눈물이 흘렀던 모양이다. 아이들 모두 잠깐 숨을 죽인다. 감동이 교실에 조용히 흐르는 모습이 바로 이런 것이다. 아무리 보잘것없는 글이라도 우리끼리 이런 감동을 나누면 그게 좋은 글이지. 그래, 이렇게 하려고 글을 쓰고 이야기를 했지.

김성철이 나왔다.

"초등학교 때 우리 집 형편이 되게 어려웠거든. 급식비가 많이 밀렸단 말이야. 그날도 내가 급식비 내야 한다고 급식비 빨리 달라고 했는데, 아빠가 좀 힘없는 말로 다음 주에 갖고 가면 안 되겠나 하고 한숨을 쉬는 거라. 그날이 일요일인데 다음 주면 너무 멀잖아. 내가 안 된다고 소리치고는 놀러 나갔거든. 아버지도 그때 힘없이 나가데. 돈 구해온다고. 나는 친구들하고 막 놀았어. 어두컴컴해서야 들어왔는데, 아버지는 한참 있다 들어오데. 아버지가 '자 여기, 급식비.' 하고는 주머니에서 꾸게 꾸게 해진 돈을 다시 곱게 펴서 나한테 주데. 돈을 받으며 아래를 보니 아버지 신발이 다 떨어졌어. 아……."

성철이도 그만 울먹해졌다.

"아버지는 아까 어디 나가서 돈을 구해왔던고?"

"아까 놀 때 봤거든. 억수로 험한 일을 하고 있데."

"무슨 일?"

"으응……. 남의 집 앞 쓰레기 치우는 일……."

아이들이 잠깐 말을 잇지 않는다. 그때 맨 앞에 앉은 정호가 말한다.

"얌마, 쓰레기 치우는 일 그거 괜찮다. 어때서."

"그래, 어때서."

아이들은 여기저기서 작은 소리로 말하고 있다. 우리는 또 하나가 된다.

장진명은 나와서 몇마디 못하고 기어이 울고 말았다.

"며칠 전에 교복 맞추러 교복사에 갔는데……. 아버지하고 같이 갔거든. 아버지하고 그렇게 나가본 적 별로 없었단 말이야. 아버지를 보니까……."

평소 거의 말이 없는 진명이는 금방 얼굴이 붉어지더니 그예 눈물을 글썽인다. 아버지가 장애인인가? 아버지가 많이 편찮으신가? 몇 아이들은 "운데이. 진명이 운데이." 한다. 말이 이어졌다가 다시 끊긴다. 참는다.

"아버지 입고 있는 옷이, 신발이 너무너무 낡았는 기라……."

여기까지 이야기하고 진명이는 그만 눈물을 쏟고 말았다.

내가 앞으로 나가 울고 있는 진명이를 안았다. 한숨이 나온다. 한참 안고 있었다. 그리고 진명이가 이야기하기 전에 써 둔 글을 대신 읽어주었다.

"한참을 걸어가다가 아버지를 그냥 슬쩍 보았다. 아버지 모습은 초라했다. 나는 밖에 나간다고 좋은 옷을 입고 좋은 신발을 신었는데 아버지는 허들허들한 옷에 다 떨어진 신발을 신고 걸어가고 있었다. 순간 나는 아버지께 미안했다. 그 모습을 보자 내가 공부 안 하고 놀았던 기억이 떠올랐다. 나는 지금 무엇을 하고 있는가. 내가 참 한심스러웠다. 아버지 어머니 생신 때 좋은 신발 하나 사드리려고 생각했다. 하지만 그건 생각뿐 실현되지 않았다."

여태껏 시시했던 내 수업이 갑자기 환해지는 기분이었다. 우리는 이렇게 마음을 나누고 있구나! 그래, 가난이 아니면 누가 이런 감동을 주었겠는가. 마음도 아프고 몸도 고달프게 살아가지만 우리는 그래도 이런 따뜻한 기운을 느끼기도 하지. 부자들은 죽었다 깨어나도 못 느끼는.

| **이상석** 부산 경남공고 교사, 2004년 7월 |

아무리 흔들어도 국물도 없다?

새벽 첫차에 내 꿈을 싣는다

새벽 4시 20분이면 어김없이 자명종 소리가 들린다. 첫차를 타고 남대문시장에 판매사원으로 출근한 지 벌써 5개월째다. 출근하는 첫날 나는 너무 놀랐다. 새벽차를 타고 가는 승객들은 거의 나와 같은 여자들이었다. 어쩌면 나처럼 새로운 일터에서 새로운 일을 시작하는 사람들일지도 모른다는 이유만으로 나는 그들이 가깝게 느껴졌다.

13년 동안 천직으로 알았던 내 직업은 '사진식자 오퍼레이터'였다. 직업을 하루아침에 바꾸어놓은 IMF. 그 직업을 갖기까지 고생스러웠던 만큼 애정도 많았다. 오퍼레이터의 길을 가기 위해 2년 동안 밤 7시부터 다음 날 아침 9시까지 14시간 동안 야간에 기술을 배워야 했다. 야간에 기술을 배우는 이유는 그 당시 기계 한 대 값이 집 한 채 값이었기에 밤에는 기계를 놀릴 수가 없어 나처럼 기술을 배워야 하는 실습생이 일을 했다. 일을 완벽하게 배우고 나면 주간에 일을 할 수 있는 여건이 되는데 기술자가 모자라서 '모셔간다'는 말이 어울릴 정도였다.

컴퓨터가 들어오자 사람들은 세상이 좋아졌다고 했다. 그 좋아진 세상에 일자리는 컴퓨터가 대신했다. 신문사의 조판 사원의 자리에도 컴퓨터가 들어왔고, 인쇄업의 사진식자 오퍼레이터는 하나둘씩 설 자리가 없어졌다. 마지막 직장에서 컴퓨터로 인해 일감이 줄어들자 사장은 여사원한테 화풀이를 했다. 그것은 정말 남 밑에서 월급을 받는다는 이유 하나로 받아야 하는 모멸감이었다. 나중에 알게 된 일이지만 남자사원에게는 퇴직금을 지급하는 조건으로 채용을 한 것이었다. 그때 서울여성노조가 있었다면 우리도 퇴직금을 받을 수가 있었을 텐데 그때는 우리의 권리에 대해서 잘 알지 못했다.

생존보다 자존심이 더 중요했다. 무엇을 할까 고민하던 중에 생활설계사 제의를 받았다. 함께 일했던 친구와 나는 회사를 그만두고 생활설계사가 되었지만 내 성격과는 맞지 않았다. 가족들을 가입시키고 나자 더 이상 고객이 없었다. 새로운 고객을 개척해야 하는데 3개월을 넘기지 못하고 결국 그만두었다.

호흡을 맞추던 디자이너와 함께 '기획 사무실'을 열었다. IMF가 터지기 전까지만 해도 일하는 것이 즐거웠다. 우리가 직접 견적을 내고 우리 일을 한다는 것은 참으로 신나는 일이었다. 그러나 그 즐거움도 얼마 가지 못했다. IMF가 터지자 업체에서는 비용 절감의 차원에서 인쇄물들을 줄였다. 일감은 줄어들고 그 절망감을 고민할 사이도 없이 생활을 책임져야 하는 나는 어려움을 겪기 시작했다. 지체하고 생각할 겨를도 없이 기획 사무실을 정리했다.

남의 밑에서 일하지 않고 창업할 수 있는 일을 찾다가 남대문시장에 판매원으로 취업을 했다. 창업을 하려면 이 세계를 제대로 알아야 하기 때문이다. 오퍼레이터가 되기 위해 야간에 일을 하면서 배웠듯이 나는 힘들지만 나의 꿈을 향해 고달픈 판매사원의 일을 견디어낼 것이다.

| **권수연** 서울여성노동조합 조합원, 2000년 2월 |

종종거리며
오늘도 일터로

따르릉 따르릉~. 7시 30분에 맞춰진 시계는 오늘 아침에도 어김없이 울린다. 우선 텔레비전 소리를 높여 '딩동댕 유치원' 노래를 울려보지만 우리 애기들은 일어날 줄 모른다.

"유치원 늦는다. 빨리 일어나."

밥도 먹는 둥 마는 둥 두 아이 옷 갈아입히고 서둘러 집을 나서면 입춘도 지난 겨울바람에 코끝이 찡하다.

IMF 이후 버스 업계에도 구조조정이 들어가 버스기사인 남편도 회사의 경영악화와 임금체불로 실직하게 되었다. 같이 놀고 있을 수는 없기에 결혼 후 5년 만에 다시 미싱사가 되었다. 역시 가장 걸리는 것이 아이들 문제였는데, 네 살과 다섯 살, 아직은 애기인데 공장 생활 1년 몇 개월 만에 이제는 칭얼거리지도 않고 유치원 생활에 제법 익숙하다.

"엄마, 잘 다녀오세요.", "엄마 보고 싶어도 꾹 참을게요."

딸아이의 인사를 받으며 공장으로 서둘러 뛰어간다. 공장은 집에서 5분 거리. 아이들 때문에 조건이 좋아도 멀리 출근할 수 없다.

청계천, 동대문 주변, 창신동, 이 지역은 위치상 밀리오레, 두산타워, 평화시장, 흥인시장 등 큰 옷가게를 끼고 있어 크고 작은 봉제공장이 밀집해있다. 내가 다니는 공장도 그 중의 하나로 가내수공업 형태의 작은 하청공장이다. 미싱사 두 명, 실밥 따고 단추도 달고 미싱을 할 수 있게 도와주는 시다가 두 명, 그리고 재단사(주인아저씨)가 있다. 아침 9시에 출근해서 저녁 8시에 퇴근하고 120만 원 정도를 받고 있다.

열아홉 살에 돈을 벌기 위해 오빠가 미싱사로 있는 공장에서 시다로 시작했다. 미싱을 배우기 위해 새벽 6시에 남보다 먼저 나와 일을 하면서 4년이 걸려 미싱사가 되었다. 결혼 후 애기만 키우다 5년 만에 다시 일을 시작하고 보니 근무시간이나 작업환경이 나아진 것이 거의 없다. 달라진 게 있다면 가내수공업 형태가 많아졌다는 거다. 살고 있는 집에 방 하나를 공장으로 꾸며 부부가 둘이 일하는 경우도 있고, IMF 이후에는 아줌마 혼자서 그렇게 하는 경우도 많이 있다. 그리고 예전에는 나이 어린 시다들이 많았지만 요즘은 늦게 끝나고 힘든 일을 배우려고 안 하기에 임금이 적고 장시간 일하는 외국인 노동자들이 많아졌다는 거다.

내가 다니는 공장도 시다 두 명이 몽골인이다. 한 명은 서른여섯 살로 이름은 '오윤아'이다. 몽고에서 소아과 의사였다고 한다. 남편과 함께 우리나라로 일하러 온 지 2년이 되었고 김치공장, 가구공장 등 여러 곳을 옮겨다니다 봉제공장으로 온 지는 8개월이 되었다 한다. 몽고에 있는 애들 생각에 가끔 눈물을 보이기도 한다. 지난 번 잠옷 만드는 공장에서 2개월 넘게 일하고도 임금을 받지 못해 많이 힘들어했다. 별 맛은 없어도 김치나 김 같은 밑반찬을 싸주면 "진아 엄마, 고마워." 하고 서툰 우리말로 인사를 한다.

또 한 명은 서른한 살로 이름은 '침개'다. 몽고에서는 간호사였다고 한다. 수줍음도 많고 자존심도 강해서 주인아저씨가 무시하는 눈치를 보이면 하루 종일 시무룩해해서 내 마음도 아프다. 하루는 "언니, 배가 너무 아파." 하면서 창백한 얼굴로 어쩔 줄 몰라 하고 있어 알고 보니 이 추운 겨울에 난방도 안 되는 얼음장 같은 방에서 지낸 탓에 몸이 안 좋아진 것이었다. 의료보험 혜택도 받지 못하고 주인아저씨의 눈치를 보며 겨우 점심시간에 산부인과 병원에 다니는 모습이 안타깝다. 어서 돈 많이 벌어 자기들 나라로 돌아갔으면 좋겠다.

오늘 하루도 미싱판에 앉자마자 정신이 없다. 우선 한숨을 돌리고 하루 만에 수북이 쌓인 미싱 위 먼지를 닦아내고 있는 힘껏 미싱을 밟아본다. 오늘 일할 것은 원피스, 코트, 조끼다. 유명한 무슨 무슨 메이커 있는 옷은 아니지만 남편의 옷을, 내 아이의 옷을 박음질하듯 그렇게 예쁘게 꿰매고 싶다. 허리 펼 시간도 없고, 앞의 시다와 말도 통하지 않지만, 말이 통한다 하더라도 오늘 주문량을 맞추려면 저녁 8시 퇴근시간까지 바쁘다. 그렇게 일을 마치면 유치원 바로 뒤에 있는 친정집으로 애들을 데리러 간다.

5시 30분에 유치원 종일반을 마치면 그 다음은 친정엄마가 애들을 돌봐주신다. 아직은 어린애들이라 칠순을 바라보는 친정엄마가 돌보기엔 무척 힘들다. 효도는 못 해 드릴망정 정말 그러고 싶지는 않았는데 항상 죄송스럽다.

피곤에 지친 몸으로 집으로 돌아가는 길에 "우리 애기들 오늘 유치원에서 무슨 노래 배웠니?" 하고 물으면 "정글숲을 지나서 가자. 엉금엉금 기어서 가자. 늪지대가 나타나면 악어떼가 나올라. 악어떼……." 한다.

아직도 일이 끝나지 않고 미싱 소리가 새어나오는 공장으로 우리 아이들 우렁찬 노랫소리가 울려 퍼진다.

| **김인자** 서울지역의류노동조합 조합원, 2000년 3월 |

스물네 시간 맞교대 나는

아침 아홉 시에 출근하면
다음 날 아홉 시에 퇴근하고
아침 아홉 시에 퇴근하면
비가 오나 눈이 오나
일요일이나 빨간날이나
또 그 다음 날 아홉 시에 출근해야 하는
똑딱똑딱
스물네 시간 맞교대
내가 일하는 날은
비가 오지 말아야 하고
너무 춥거나 덥지도 말아야 하고
가을 단풍이 너무 흐드러지지 말아야 한다
이틀 중 하루는
친구나 선배나 후배나 친척들 누구라도
아프지도 말며 결혼도 하지 말고

그 하찮은 모임도 하지 말아야 한다

나의 하늘이 이틀에 한 번 자전하는 것처럼

조간신문도 이틀에 한 번 발행되어야 한다

그래야 한다

꼭 그래야 한다

월화수목금토일 대신

짝홀 짝홀로 사는

스물네 시간 맞교대 내가

사람처럼 산다

| **이한주** 구로열차승무지부, 2000년 4월 |

신자유주의를 기다리며

작년까지 나는 이화다이아몬드 노동조합에서 홍보부장 일을 했다. 올해는 교육부와 홍보부가 통합된 교육선전부 부장 일을 맡았다.

이화노동조합은 다른 단위 사업장 노동조합과 마찬가지로 조합원의 참여가 줄고 있었다. 이기적인 성향을 많이 보이며 조직력이 약화되는 것이 안타까웠다. 조합원 의식향상 교육이 필요했다.

2000년 임단협을 앞두고 4월 15일 확대간부 교육과 18~19일 전 조합원 교육을 하기로 했다. 그리고 일주일에 한 번씩 5분 교육지를 만들기로 하고 4월 3일 첫 번째 교육지를 배포했다.

그런데 회사에서 4월 8일 두 시간 동안 전 사원 소양 교육을 한다고 한다. 지금까지 한 번도 하지 않은 전 사원 소양 교육을, 그것도 임단협을 앞두고 하는 이유가 의심스러웠다. 내용은 급변하는 기업환경에 적응해야 하는 이유와 조직(회사)원으로서 갖추어야 할 정신자세이고, 현재 능률협회 전문위원이 강사로 온다고 한다. 회사가 하는 일이 하도 괘씸해서 7일에 교육지를 한 번 더 내기로 했다. 신자유주의를 조합원에게 바로 알리고, 비판하는 내용을 싣기로 했다.

첫 번째 교육지도 나왔고 저녁에 시간이 좀 나서 교선부 차장인 도형이와 술을 한잔 했다. 그날따라 술이 잘 넘어가 2차, 3차, 기억이 나지 않을 정도로 마셨다. 다음 날 숙취도 심하고 머리도 너무 아파 회사에 월차를 써달라고 전화하고 다시 잤다. 왜 그리 손전화가 많이 울리는지, 손전화를 안 받으니까 집전화가 울어댄다. 나는 전화벨 소리에 상관하지 않고 열심히 잤다. 교육지 준비는 도형이가 잘하고 있겠지 하면서……. 다음 날은 한식이라 사촌형들과 성묘하러 갔다가 국회의원 선거 합동유세장에 다녀오니 하루가 금방 지나갔다.

6일 아침에 출근하니 도형이도 4일에 월차를 냈다는 것이다. 곧바로 사무국장 호출이다.

"부 · 차장 둘 다 안 나오면 어떡하느냐?", "4월 교육 계획서는 준비됐느냐?", "공석 중인 차장 한 명은 왜 안 뽑느냐?" 하며 야단을 친다. 부랴부랴 4월에 있을 교육장소, 강사, 시간표를 정하고 교육지 준비는 오후에 하기로 했다. 이틀 쉬고 나오니 회사 일은 왜 그렇게 많은지. 나는 잔업을 하고 도형이는 철야를 한다고 한다. 하는 수 없이 밤에 교육지를 준비하기로 하고 잔업 끝나고 조합 사무실에 갔다. 도형이가 한숨을 쉬며 묻는다.

"형! 신자유주의가 뭐야?"

"신자유주의란 서로 경쟁하게 만들어 지는 놈은 살아남지 못하는 부익부 빈익빈 사회를 말하는 거야."

"그럼, 교육지에 그렇게 쓸 거야?"

나는 순간 당황했다. 신자유주의에 대해 아는 것이 없으니 쓸 것이 없었다. 그때부터 책을 찾기 시작했다.

〈노동사회〉, 〈노동법률〉, 〈주간 정세동향〉, 〈노동일보〉, 〈한겨레신문〉, 〈한겨레21〉, 〈시사저널〉……. 어느 것을 보아도 신자유주의가 무엇인지 속시원하게 나오는 곳이 없었다.

'신자유주의 하에서 삶의 질이 저하됐다.'

'심각한 사회문제다.'

'신자유주의 폐해가 심각하게 우려된다.'

'4월 1일 1차 민중대회, 신자유주의를 반대한다.'

모두들 이런 식이다. 도대체 신자유주의의 정확한 정체를 알 수 없었다. 밤 10시가 넘어 한겨레신문 노동조합에 전화를 거니 모두 퇴근했는지 전화를 받지 않는다. 편집부 김형선 기자에게 전화를 하니 퇴근했다고 한다. 노동일보 편집부도 전화가 안 된다. 노동일보 노조 지원팀에 전화를 하니 드디어 한 사람이 전화를 받았다. 우리 사정을 이야기하니 7일 오전 중으로 자료를 팩스로 보내준다고 한다. 얼마나 고마운지.

그런데 다음 날 오전까지 팩스는 오지 않았다. 점심시간 끝나는 종이 울리는 것을 보니 오후 1시다. 남들은 신자유주의를 반대하느니 박살내자니 하는데 나는 신자유주의를 애타게 기다리고 있다.

신자유주의! 빨리 좀 와라.

| **김용수** 이화다이아몬드노동조합 교육선전부, 2000년 5월 |

선생도 철밥통이던 때는 지났다니께

대학을 졸업한 지도 1년 남짓 되었군요. 그동안 뭘 했냐구요? 지역 시네마떼끄 사무국원, 중학교 과학 보조원, 나눔의 집 사회복지 도우미……. 아! 그 사이에 대전지방노동청의 직업상담사 공채도 봤군요. 정말 전전긍긍하면서 지낸 1년이었습니다.

지금은 대학 다닐 때 따놓은 교직자격증 덕분에 고등학교에서 기간제 교사로 재직 중입니다. 친구들이 그러더군요. 앞서 했던 일보다 '뽀대'난다구요. 그럴지도 모르죠. 하지만 학교에서 같이 근무하는 선생님 일흔 분들과는 분명 다른 계약직 노동자에 불과한 걸요. 같은 처지의 계약직 노동자들과 마찬가지로 근로기준법이 모두 비껴간 사각지대에서 다만 계약기간 동안 성심껏(?) 근로하는 것만이 제가 해야 할 일의 전부인 그런 일을 하고 있습니다.

기간제 교사제도는 교육계에 명예퇴직 바람이 불면서 시작됐습니다. 물론 그전에도 출산이나 병가 그리고 그 외 여러 가지 이유로 휴직을 하게 된 교원을 대신해 두세 달 정도 강사를 고용하는 일이 있긴 했습니다. 그때와 다른 점이 있다면 강사와 달리 기간제 교사는 단지 한두 달의 공석을 채우기 위해 고용되는 것이 아니라, 명예퇴직에 의해 절대적으로 부족한 교원수급 문제를 해결하기 위해서 임용되었다는 것이죠. 그 수가 전국적으로 1만 명에 다다를 정도이지만 아무런 신분상의 보장을 받지 못한 채 말 그대로 '땜빵'수업을 하고 있는 겁니다.

제가 고등학교에서 일하게 된 과정을 말씀드려볼까요?

지난 8월이었습니다. 한 고등학교에서 명예퇴직으로 생긴 결원을 충원하려고 급하게 기간제 교사를 구하려고 과사무실로 연락을 했던 모양입니다. 중고등학교에 2학기가 시작되기 불과 3일 전이었거든요. 조교선생님의 추천으로 학교와 연락이 되었고 형식적인 면접과 서류접수를 마쳤습니다. 저는 계약기간을 물었고, 학교 쪽에서는 6개월이라고 하더군요. 계약서를 보여주지 않는 것이 마음에 걸리긴 했지만 그러려니 했습니다.

학교 생활이 신기하고 재미있기만 해서 시간가는 줄 모른 채 지내다가 12월이 왔습니다. 어쨌든 계약기간은 6개월이므로 저는 방학기간 중에 혹 제가 보충수업을 하러 매일 나와야 하는 건지 궁금해서 행정실 직원에게 문의를 했습니다. 담당 직원이 교육청에 문의해본 뒤에 알려준다기에 기다렸습니다. 몇 시간 뒤 행정실 직원이 그러더군요. 보충수업은 정교사가 할 것이고, 1월은 당연히 월급이 지급되지 않으며, 경력에 방학기간은 포함되지 않고, 12월과 2월은 출근일에 준해서 급여가 지급될 거라고요.

그럼 계약기간이 6개월이라고 한 것은 뭐냐고 따졌죠. 윤리과 선생님, 교감선생님, 행정실 직원. 누구도 책임지지 않더군요. 오히려 자세히 알아보지도 않았던 제 잘못이라는 듯 얘기할 때는 어이가 다 없었습니다. 그야말로 저는 오라면 오고 가라면 갈 수밖에 없는 처지라는 것을 그때 절감했습니다.

비정규직 노동자를 고용하는 데는 다 이유가 있겠죠. 정규직 고용은 노동법상의 여러 가지 책임과 의무가 따르니까, 또 기간제 교사처럼 인력 활용이 용이하니까, 이런 이유로 노동비용을 낮게 유지할 수 있으니까……. 기업이나 정부 기관의 편의에 따라 활용되기만 할 뿐, 노동자에 대한 최소한의 고용 보장은 전무한 게 이런 고용 형태죠.

전교조 선생님들께서는 앞으로 점점 교원 임용자의 수가

줄 거라고 합니다. 미국처럼 교사도 필요한 최소한의 인원을 제외하고는 모두 계약직으로 전환될 거래요. 교사의 정년 단축에 이은 교육계의 구조조정 바람이 또 한 번 불 거라나요. 바람 앞에 등불 신세가 제 얘기만은 아니에요. 오늘도 저에게 한 선생님이 푸념 반, 위로 반의 말씀을 건네십니다.

"어이구, 선생도 철밥통이던 때는 지났다니께. 정 선생님, 먹고살 걱정 너무 하지마아. 걱정한다고 되는 게 아니니까. 나 살고 싶은 대로 살아지나. 휴, 때를 기다려요, 때를."

맞는 말씀이십니다. 먹고살 걱정 없는 세상이 어디 할 일이 없어 오나요? 세상살이가 늘 그 걱정이죠 뭐. 그래도 살아내야죠. 그렇죠? 선생님, 그렇죠? 여러분, 그렇죠?

| **정란희** 천안여고 교사, 2000년 6월 |

집에서 하루 더
퍼져 있겠다는 것이 아닙니다

어두운 주차장에서 출발 준비를 하고 있는데, 누군가 불쑥 다가오더니 말했다.

"금방 나가나요?"

"예."

"어디까지 가십니까?"

"인천이요."

"음, 같이 좀 나갈 수 있을까요? 집사람이 아프다고 연락이 와서요."

"어디까지 태워드리면 되는데요?"

"그냥 나가다가 아무데나 편한 곳에서 내려주시면 됩니다. 가서 집행부에 말하고 올 테니까 잠깐만 기다려주세요."

그이는 사람들이 모여서 웅성거리고 있는 수련관 쪽으로 급하게 달려갔다. 1분도 안 돼 돌아와 내 옆자리 조수석에 빈손으로 올라타는 그이에게 물었다.

"수련회에 오면서 아무 짐도 없이 달랑 그렇게 몸만 왔어요?"

"가방 하나 들고 왔는데, 나중에 친구들이 챙겨주겠지요. 뭐."

뭘 그런 걸 다 걱정하냐는 듯이 대수롭지 않게 말하는 그이의 대답 속에는 친구들에 대한 믿음이 담겨 있다. 물어본 사람이 바보처럼 머쓱해졌다.

고속도로 톨게이트 입구까지 가는 한 시간 남짓 동안 그이와 나는 거의 쉬지 않고 이야기를 했다. 그이의 안해 역시 작은 회사에 다니는 노동자라고 했다. 며칠 전에 사장이 바뀌었는데, 그 사장이 회사의 분위기를 좋게 만든다고 직원들과 함께 등산을 가자고 했단다. 그이의 안해는 이미 불편한 몸이었지만 그 등산에 빠졌다가는 사장한테 찍혀서 불이익을 당할까 봐 마지못해 나섰다가 기어이 크게 다치고 말았다는 것이다. 사장은 즐겁게 놀자고 하는 일이 노동자들에게는 그야말로 '고역'이 되기도 하는 것이다.

"요즘 다들 어렵잖아요. 마누라 데리고 병원 갈 시간도 없어요. 운동을 유난히 좋아하는 그 회사 사장은 '웬만큼 참아서 낫는 병이면 그냥 참는 것이 건강에도 좋다'고 했다는군요. 나 참, 어이가 없어서……. 그런 말 들으면 '오냐, 내가 가서 죽는 한이 있어도 함께 가주마.' 하는 오기가 생기는 거지요. 사장 마누라가 아프다고 해도 사장이 그렇게 말했겠어요?"

내가 "그래서 빨리 주5일 근무제가 이뤄져야 한다"고 맞장구를 했더니, 그이는 정색을 하고 말했다.

"주5일 근무제가 되면, 그때는 병원 가는 게 문제가 아니지요. 제가 워낙 사람들하고 모이는 걸 좋아하거든요. 이사 가서 사는 동네마다 조기축구회를 만들었을 정도예요. 그래서 저는 이사 갈 때마다 집 근처에 있는 학교의 교장선생님이 어떤 사람인지 무척 걱정이 돼요. 교장선생님이 어떤 사람이냐에 따라서 학교 운동장을 사용하는 데에 엄청 차이가 생기거든요. 까다롭거나 책임지기 싫어하는 교장선생님 만나면 학교 운동장 한번 사용할 때마다 그 고생이 말도 못합니다."

그이는 자기가 일하는 부서에 모임을 하나 만드는 것이 오래전부터 꿈이라고 했다. 노력한 지 벌써 꽤 됐지만 사람들이 모두 엄두를 못 내고 있었고, IMF가 닥치고는 감히 말도 못 꺼내는 형편이라고 했다.

"그 모임이 무엇을 하든지 상관없어요. 사람들이 좋아하는 거라면 저는 무엇이든지 할 자신이 있어요. 제가 워낙 사람

모이는 걸 좋아하거든요. 그렇게 모여서 활동하면 평생 친구가 되는 거거든요. 길흉사가 있을 때 소주병 하나 꿰어차고 찾아가서 기쁨이든 슬픔이든 함께 나누면서 살자는 거예요."

그이는 심지어 이렇게 말하기도 했다.

"주5일 근무제가 시행되기만 하면, 그 모임을 토요일마다 회사에 출근해서 하라고 해도 할 자신이 있다니까요."

그이를 낯선 도시의 어두운 거리에 내려주고 혼자 집으로 돌아오면서 나는 생각에 잠겼다. 그렇다. '노동시간 단축' 그 자체만으로도 그것은 우리들 삶의 질을 향상시키는 중요한 요인이 된다. 그러나 더욱 중요한 것은 노동시간 단축을 통해서 우리는 삶의 질을 향상시키기 위해서 노력할 수 있는 공간을 확보하게 된다는 것이다. 노동시간 단축이 또 다른 노동시간 단축을 낳는 것이다. 그래서 어떤 이는 "노동운동의 역사는 곧 노동시간 단축의 역사다"라고 하지 않았는가.

'주5일 수업제'도 마찬가지다. 학생들이 진실로 어린이답게 시간을 보낼 수 있는 하루가 필요한 것이다. 선생님들이 조금이라도 더 시간을 쪼개 참교육을 고민할 수 있는 시간이 필요한 것이다.

'공무원 격주 휴무제'도 마찬가지다. 공무원들이 모여서 정말 사람답게 만날 수 있는 하루가 필요한 것이다. 공무원들도 떳떳하게 노동조합을 위해 고민하고 준비할 수 있는 시간이 필요한 것이다. 그것을 알기 때문에 더욱 못하겠다고 하는 것인지도 모르지만…….

우리들의 '주5일 근무제' 요구를 "집에서 하루 더 퍼져 있겠다"는 말로 듣지 말라. 우리는 진실로 사람답게 살 수 있는 하루를 요구하고 있는 것이다.

| **하종강** 2000년 6월 |

노동조합을 만든 병역특례병

7년 전 부모님의 이혼으로 고등학교를 그만두고 먹고살기 위해 일을 해야 했습니다. 아버지와는 다시는 만나지 말아야 할 원수가 되었고, 어머니는 다른 아저씨를 만나 새 삶을 시작했습니다. 두 분들 중에서 나와 동생을 책임질 만한 능력을 가지고 있는 분은 없었으며 그 때문에 일을 해야 했습니다. 동생과 함께 살았는데 동생도 이 생활이 지긋지긋했던지 내 곁을 떠나갔습니다.

나는 혼자가 되어 외롭고 쓸쓸한 삶이 계속되었고 희망도 의지할 곳 하나 없는 생활의 연속이었습니다. 그러던 어느 날 지금의 나의 아내이자 내 아들의 엄마인 그녀를 만났습니다. 나는 너무도 외로움에 시달렸기에 어린 나이지만 가정을 갖고 싶었고, 나의 아내도 원해서 아이를 가졌고 살림살이를 하나둘 장만하면서 즐거운 하루하루를 지내고 있었습니다.

그런데 군대라는 크고도 험한 산이 우리 세 식구의 앞길을 가로막고 있었습니다. 아이가 있으면 군대 면제를 받을 수 있다는 소문에 병무청에서 상담을 해보니 나는 생계곤란의 사유에 해당되어 면제되는 방법이 있는데 그것은 부양자 1명에 피부양자 3명이 되면 면제가 된다는 것이었습니다. 그런데 나는 아버지가 살아계시고 장남으로 돈을 벌 수 있는 나이이므로 가족의 부양자에 편성되어 면제의 조건에 들지 못한다고 하였습니다. 그때 아버지는 5년 이상 연락이 안 되어 생활비는커녕 생사조차 알 수 없었는데 부양자로 편성이 된다니 형평성에 맞지 않는다고 항의했지만 법으로 명시되어 있어 면제받을 수 없다고 하였습니다. 다행히 신체검사 판정에서 4급 공익요원 판정을 받아 산업기능요원으로 일하면서 복무기간을 마칠 수 있다는 사실을 알고 병역특례 업체를 수소문한 끝에 (주)운창산업이라는 곳에서 일을 시작했습니다.

처음 출근해서 느낀 것은 학교와 똑같다는 것이었습니다. 출근해서 조회시간에 혼나고, 욕 먹고, 종 치면 일하고, 쉬는 시간에 쉬고, 간부들의 명령에 복종해야 하고, 잔업을 의무적으로 해야 했습니다. 출근한 지 5일 만에 철야라는 것을 했는데 아침에 출근하면 8시부터 다음 날 새벽 5시까지 일하고

5시부터 7시까지 잠을 자고 다시 8시부터 오후 5시까지 일하는 것이었습니다. 정말 피곤하고 힘들었습니다. 그래도 다른 사람들도 다 철야를 하고 군대 대신이라는 생각에 참고 시키는 대로 했지만 인간적인 대접은 받지 못하고 폭언과 폭행은 빈번하게 이루어졌습니다.

임금은 정말 짰습니다. 경력 없는 일반 사원은 일당 1만 7천 원이고 우리는 단지 특례병이라는 이유로 일당 1만 4천 원이었습니다. 정말 억울한 일이었습니다. 우리가 일을 더 못한 것도 아니고 잔업, 특근, 철야를 하지 않는 것도 아니고 특례병이라는 신분 그만두면 군대를 가야 한다는 약점을 이용해서 저임금에 강제노동을 시켰습니다.

그렇게 1년이 지나던 어느 날 회의가 열렸습니다. 임금 인상, 야간수당 인상에 관한 회의였습니다. 그런데 웬일입니까. 특례병들은 전부 빼놓고 특례병이 아닌 현장 생산직 사원들하고만 회의를 한 것이었습니다. 우리는 참을 수 없을 만큼 배신감에 수치심까지 느꼈습니다. 일의 주체가 돼서 가장 많이 일하는 우리를 따돌리고 자기들끼리만 회의를 하다니. 우리는 그날 잔업을 거부하고 퇴근하였습니다. 다음 날 난리가 났습니다. 생산과 간부들이 우리들을 불러놓고 욕을 하고 다그치고 이유를 말하라며 큰소리치고. 우리들의 반항에 놀란 모양이었습니다. 우리는 야간수당 5만 원 인상을 요구하면서 인상이 되지 않으면 잔업을 하지 않겠다고 하였습니다. 그러자 회사에서는 우리들을 회사 내에 있는 잡초 뽑기, 마당 청소 등을 시켰습니다. 우리가 잘못을 빌고 한 번만 용서해달라고 사정할 것으로 착각했습니다. 하지만 우리는 보란 듯이 비를 흠뻑 맞아가면서까지 꿋꿋하게 일했습니다. 그러자 이번에 고소장을 내밀었습니다. 99년 여름 공중전화 안에 동전이 없어졌는데 그 당시 야간일 할 때 없어졌을 것이라는 추측만으로 저희 6명을 상대로 고소장을 쓴 것입니다. 정말 어이가 없고 황당했습니다. 열심히 일하고 복종하다 잔업 한 번 빠졌다고 도둑놈이라니요.

우리는 이 위기를 해결할 방법을 찾다 아침 출근길에 받은 광주금속노동조합 전단을 보고 그곳을 찾아가 의논을 하고 우리가 당한 일, 회사가 우리에게 한 불공정하고도 형평성에 어긋난 일과 폭행하고 욕을 하면서 인격모독을 한 현실에 대하여 말했습니다. 노동조합은 우리에게 힘을 줄 것을 약속했고 우리도 노동조합에 가입하여 싸우기로 결심했습니다. 그 뒤 회사에 노동조합 설립을 알리고 단체협약에 들어갔습니다. 7차까지 벌어지는 단협 끝에 결렬선언을 하고 파업에 들어갔는데 회사에서는 조합원들에 한해서만 출입을 통제하는 직장폐쇄 명령을 내렸습니다. 우리는 회사 밖 천막농성에 들어갔고, 천막농성 12일째 회사는 폐업 신고를 하겠다고 했습니다. 그런데 회사는 폐업 신고를 하겠다고 말한 하루 뒤에 전 직원들을 정리해고 하겠다고 하였습니다. 말이 안 되고 생각조차 할 수 없는 일들을 회사는 저지르고 있습니다. 불법으로 정리해고를 강행하는 회사를 상대로 우리는 끝까지 싸울 것이고 우리를 함부로 할 수 없다는 것을 똑똑히 보여줄 것입니다.

우리 회사 말고도 저희같이 저임금에 인격모독을 당한 특례병들이 많을 것입니다. 함께 뭉쳐 싸운다면 이길 수 있습니다.

우리 특례병들이 가장 많이 쓰는 구호는 '노예해방'입니다.

| **박상민** 광주지역금속노동조합 운창산업분회, 2000년 8월 |

의사와 노동자

"의약분업하던 의사들 다 죽는다.
생존권을 보장하라."
의사가 외친다.

"노동시간 단축하고 고용안정 보장하라."
"고용안정 쟁취"
노동자가 외친다.

국민의 정부는 대답한다.
"불법적인 파업을 주도하는 이들에게 엄중 대처하겠다."

그 말에도
의사는 아랑곳없이 병원문을 닫았고
노동자는 파업을 했다.

의사는
30억이나 넘는 투쟁기금을 마련하고
정부와 계속해서 협상을 진행했다

노동자는
자신들이 일하던 곳에서 쪽잠을 자면서
자신들의 요구에 대답도 없는 회사를
정부가 어떻게 해주리라 기다렸다

그러기를 며칠

국민의 정부는
의사들에게
"의약분업을 보장하겠다는"는 대답을 줬고
노동자들에게는
술 마신 경찰의 폭력을 줬다.

똑같은 생존권 보장 요구를 하는데
누구에겐 대화가
누구에겐 짐승 다루듯 하는 폭력이 돌아왔다

이걸 본 많은 국민들
"누가 뭐래도 내 자식은 '사' 자로 키운다."

| **박문옥** 울산북구문화센터, 2000년 9월 |

앗!
강병호?

출근했더니 공장이 좀 보자고 한단다. 공장 사무실에 갔더니 노란 봉투를 준다. 안에 있는 종이에 '인사위원회 심의 결과 통보서'라고 써있다. '심의 결과–근신 7일'

"공장님, 근신 7일은 뭐 하는 거예요?"

"그냥 반성문 한 장만 써와."

"반성문은 어떻게 쓰는 거예요?"

"……."

"전 지금까지 반성문이라는 걸 써본 적이 없어서요."

"성돈이가 써봤으니까, 성돈이한테 물어봐."

나중에 알아봤더니 근신 7일은 일은 안 하고 매일 반성문만 쓰는 징계였다. 하지만 나에게 일을 안 시키면 가뜩이나 이번 싸움에 할 일이 많은데 날개를 달아주는 것 같으니까 반성문 한 장만 받고 일 시키려 한 것이다.

내가 징계 먹은 이유는…….

지난 6월 1일에 사장이 우리 공장에 훈시 온다는 날이었다. 그 웬수 같은 놈이 온다는 걸 너무 늦게 안 나머지 준비할 시간이 없었다. 어떡할까? 고민하다 혼자선 할 게 없을 것 같아 참기로 했다. 그러다 화장실 갔다 오다가 생각이 바뀌었다. 공장 바닥이 번쩍번쩍하다. 내 모습이 비치는 것이다. 이 공장에서 일한 지 7년이 넘도록 이렇게 깨끗한 공장은 처음 봤다. 꼭지가 돌았다.

나는 바로 황승진 씨에게 전화를 해서 피켓 한 장만 갖다 달라고 했다. 그리고 나는 피켓을 걸고 일을 했다. 바로 직장과 공장, 노무 담당 대리가 달려왔다.

"너 지금 뭐 하는 짓이야?"

"그냥 피켓만 목에 걸고 일할게요."

"당장 안 벗어?"

노무 담당 대리가 피켓을 잡았다.

"피켓만 걸고 일한다고 했잖아요?"

그때 노무 담당 대리가 피켓을 잡아당겼고, 내 목에 걸려있던 피켓 끈이 빠지면서 피켓은 바닥에 떨어졌다. 나는 더 뚜껑이 열렸다. 바닥에 떨어진 피켓을 공장이 주우려 할 때, 나는 피켓을 발로 밟으면서, "피켓만 뺏어가 봐. 사장 오면 사장한테 대가리 박는다."

그러자 공장이 주춤한다. 나는 바닥에 떨어진 피켓을 들고는 다시 일을 했다.

"어떡할래요? 피켓 걸고 조용히 일할까요? 아님 사장 대가리 깔까요."

"규식아, 우리 사정 좀 봐줘라. 넌 그러고 나면 되지만, 우린 문책 받어."

"그럼 저 대신 사장한테 해고 철회하고 구속자 석방하라고 말해줘요. 그럼 피켓도 벗을 테니까."

"야! 억지 쓰지 말고 빨리 벗어!"

나는 대꾸도 안 하고 일했다. 옆에서는 공장과 노무 담당 사원들이 계속 쫓아다니면서 사정을 했고 나는 의기양양하게 일했다. 동료들은 오랜만에 보는 내 이벤트를 긴장되고 즐겁게 즐기고 있었다.

그때 사장이 보였고 원래 사리분별이 부족한 우리 직장이 내 피켓을 또 뺏으려 했다. 그렇게 나랑 실랑이하다가 직장이 끈을 가지고 도망쳤다.

"야! 아주 주접을 떨어라. 그렇게 사장한테 잘 보이고 싶냐?"

"나 오늘 사장한테 덤빌 테니까 잘들 막아봐!"

사장이 내 쪽으로 가까이 오자 공장 둘, 노무과 조장 한 명과 사원들이 내 앞을 가로막고 섰다.

"구속동지 석방하라! 부당징계 철회하라!"

"구속동지 석방하라! 부당징계 철회하라!"

내가 구호를 외치자 나를 가로막고 서 있던 인간들이 나를 붙잡고 밀고 입 틀어막고 난리들이다. 난 더 흥분되었다.

"강병호는 퇴진하라! 강병호는 퇴진하라!"

사장이 웃고 지나간다. '어라 저게 비웃어?'

"매국노! 야! 개새꺄!"

사장이 지나가고 다시 일을 시작했다. 일을 하다가 갑자기 생각이 났다.

'앗! 강병호?'

방금 지나간 그 웬수 같은 사장은 강병호가 아니라 정주호다. 강병호는 그전 사장 이름이다.

'으… 이런 실수가 있나…….' 갑자기 웃음이 나왔다.

그 후에 나는 인사위원회에 회부됐다.

사람들 얘기로는 인사위원회에 걸려고 해도 걸 만한 이유가 없어서 안 하려고 했는데, 사장이 내 이름을 물어보더니 수첩에다 내 이름을 적더란다. 그래서 어쩔 수 없이 인사위원회에 걸 수밖에 없었다고 한다. 작업장 이탈도 하지 않았고, 작업 거부도 아니고, 사규 위반으로 걸 수 있는 것은 없다고……. 걸 수 있는 것은 전 사장 강병호 개인이 명예훼손으로 법에 호소할 수밖에 없다고 했지만, 사장 측근들이 무조건 걸라고 했다는 것이다.

해고당해 있는 사람들이 나를 보고 놀리기 시작했다.

"넌 해고야. 어떻게 사장 이름도 모르냐? 넌 괘씸죄로 해고야."

나는 반성문을 썼다. 아주 정중하게 썼다.

"모처럼 방문한 사장에게 아부 떨려고 준비한 부서와 관리자들에게 찬물 끼얹는 짓을 해서 심히 죄송합니다. 그리고 이후로는 사장 이름 정확히 알겠습니다."

| **최규식** 대우자동차, 2000년 9월 |

오리역 노숙마저 쉽지가 않네

지난 밤, 오리역에서 노숙을 할 계획이 수포로 돌아갔다. 밤 12시를 넘기자 오리역 입구부터 출입구가 봉쇄됐다. 어쩔 수 없이 오리역 입구에 박스를 깔고 자기도 하고 주택공사 맞은편에 주차해놓은 봉고차에 가로로 세로로 누워 칼잠을 자기도 했다. 계속된 텐트 설치, 철거, 다시 설치, 끝없는 공방.

아침에 일어나 라면으로 끼니를 때웠다. 주택공사 정문 앞에 종이박스를 깔고 누워 찬란한 가을 햇살을 받으며 신문을 뒤척이기도 하고 엎드려 책을 읽기도 했다. 출근하는 주택공사 직원들이 힐끗힐끗 곁눈질로 우리를 쳐다본다. 볼 테면 보라지…….

집회신고가 되어 있는 9시부터 도로 옆에 현수막을 달고 방송차 가득 음악을 높였다.

9시 30분, 가을 햇살이 참 좋다. 좋은 시절, 좋은 세월이었다면 이런 날 월차라도 내 땡땡이치며 좋은 사람들과 함께 가까운 산에 오르고, 바닷가 갯바위 낚시라도 가고 싶은 날이다.

12시, 지부장이 왔다. 밤새 있었던 일들을 이야기하며 오늘 일정에 대해 이야기했다.

14시 30분, 집회를 마치고 8차 수도권 순회투쟁에 함께한 동지들과 어제 그 자리에 텐트를 설치했다. 동지들은 창원으로 귀가하고 텐트 안은 한가롭기 그지없다. 언제 철거될지도 모르지만, 몇몇은 누워 신문을 들척이고, 상훈 형은 텐트에 깔아놓은 종이박스에 누워 지난 밤 노숙으로 부족한 잠을 보충하고, 상일 형과 조동화는 봉고차에서 쉬고, 용덕 형은 솔 담배를 피우며 회상에 잠기고, 정치 담당은 옆 상가에 이발하러 갔다.

16시, 주택공사 노동조합에 취재차 왔다는 〈노동일보〉 기자가 우리 농성 텐트에 들렀다. 한 시간 넘게 지부장으로부터 우리 투쟁상황을 설명 들었다. 그 사이 밖에는 피자 세 판이 주택공사 안으로 배달돼 들어갔다.

취재를 마치고 나가려던 기자를 주공 경관실장인가 하는 자가 좀 보잔다 해서 그 기자는 다시 주공 안으로 들어갔다.

경관실장을 만나고 나온 기자는 '주공에서는 자신들이 진행하는 자회사 해외매각과 공장 구조조정은 법적으로 아무런 문제가 없다'며 이렇게 밤낮없이 정문에서 농성하는 우리를 향해 차마 입에 담지 못할 욕까지 했다고 한다. 다들 "개새끼"라고 한마디씩 내뱉는다. 어제 이야기된 주공 경관실장 면담은 무산된 것 같다.

17시, 어제 왔던 분당구청 직원이 또 왔다. 오늘은 아예 철거반원 몇 명까지 데리고 왔다.

"자진해서 텐트를 철거해라."

"창원에서 올라와 오죽하면 이러겠나. 누워 잘 데마저 없다. 좀 봐줘라. 다른 불법들은 공무원들 잘도 눈감아주더니만."

"정 이렇게 나오면 철거할 수밖에 없다."

"다문 며칠만이라도 좀 봐줘라."

몇 차례 실랑이를 하다 철거반원들이 텐트 철거를 시작하자 '알았다. 우리 손으로 할 테니…….' 하고 결국 우리 손으로 설치한 텐트를 우리 손으로 철거했다.

구청 직원들이 공유지라 밝힌 도로변 인도를 제외하고, 텐트 반쪽을 접어 주공 벽 쪽으로 바짝 붙여 다시 텐트를 설치했다. 이번에는 주공 총무과 직원들이 개떼같이 몰려와 텐트 설치를 막았다. 또 몇 차례 실랑이를 하고, 일단 텐트 설치는 저녁 먹고 하는 것으로 했다. 이 넓은 땅에 노동자가 텐트 칠

땅 한 뼘 없나 싶어 분노와 울분이 느껴진다.

주공 총무과 직원들 오늘 밤 총 비상이라나…….

저녁을 먹고 오늘 밤 잠잘 텐트는 주공 별관 맞은편 입구에 치기로 하고 짐을 챙겨 다시 텐트를 쳤다.

20시, 텐트 설치가 완료됐다. 오늘 밤은 텐트 안에서 잘 수나 있을는지. 언제 다시 철거될지 모르는 텐트를 다들 흐뭇한 눈으로 바라본다.

| **김우희** 한양공영노동조합 홍보부장, 2000년 11월 |

노동을 우습게 여기는 놈은 처먹지도 말라!

요즘 들어 내 몸이 썩 안 좋다. 술을 좀 마셨다 싶으면 다음 날 몸이 영 찌뿌드드하고 온종일 괴롭다. 이따금 허리도 결리고. 뭐 그런 시도 쓴 적이 있지만, 우쨌든 망가져도 보통 망가진 게 아닌가 본데 이러다 현장에 돌아가면 제대로 일할 수 있을까 걱정된다.

옆에 있는 왈왈이는 그런 속내도 모르고 "에쿠훙, 에투훙." 하며 내 기침 흉내를 내며 영감태기라고 놀리질 않나, 쌩쌩한 마흔여덟에 이 무신 꼴이란 말인가.

그러다 보니 젊은 시절이 더욱 그립다.

내 젊은 시절이라야 착취가 전부였던 시대에 비참했던 그 때가 뭐 그리 좋은 추억이겠느냐마는 그래도 젊다는 것 하나만으로 늘 희망이 있었으니 세상 무서운 줄 모르고 이날 이때까지 열심히 살아오지 않았을까 싶기도 하다.

아마 70년대 초였을 게다. 그때 부산 어느 작은 조선소에서 용접공 시다를 하면서 그놈의 용접일이 어찌나 배우고 싶던지 우째우째 깨진 흑유리 쪼가리 하나 구해 뒤에서 용접하는 모습을 훔쳐볼라치면 그 용접공은 "야! 이 썅놈의 시끼, 뭘 보노?" 하며 눈을 부라린다.

이렇듯 기를 쓰고 용접기술을 배우려 해도 그게 쉬운 일은 아니었다. 하기사 우리 삼촌은 그놈의 용접을 배우려고 맨눈으로 몇 시간 동안 용접 불빛을 바라본 적이 있었단다. 용접 불빛을 자세히 보면 처음엔 안 보이지만 한참 지나면 쇳물 녹는 게 보인다. 잠시만 봐도 눈이 쓰라려 죽을 지경인데 몇 시간 보았으니……. 그 다음날 삼촌은 눈이 퉁퉁 부어 충혈된 눈을 뜰 수가 없어 한쪽 눈을 양손으로 벌려가며 출근했다고 한다.

나는 그렇게 기를 쓰고 배우려고 노력한 결과로 용접기술이 쑥쑥 늘어 군대를 갔다 와 거제도 삼성조선, 대우조선에 있을 때는 A급 소릴 들었다. 돈을 떠나 용접을 예술이라 생각했고, 일 자체에 보람을 느꼈다.

사실 따져보면, 그놈의 잘한다 잘한다 하는 소리에 속아 돈 몇 푼 더 받으며 몸 아끼지 않고 열심히 일한 대가로 몸만 망

가져 요 모양 요 꼴이 되고 말았지만, 결국 내가 요렇게 된 것은 순전히 못된 자본가 놈들 탓인 거라. 그걸 몸소 겪었기에, 그렇게 내 청춘을 뺏겨왔기에 자본가를 향한 분노로 내 가슴이 응어리진 건지도 모르겠다.

나는 하루에도 몇 번씩 다짐한다. 내 자투리 삶은 한 손엔 용접고대, 한 손엔 늘 짱돌을 쥐며 살겠다고.

아무튼 나는 현대중공업에 들어와서 내 삶에 큰 변화를 겪었다.

언제였던가? 회사에서 다기능 교육을 한다는 거였다. 그 내용은, 앞으로 세계 경쟁시장에서 살아남으려면 한 사람이 여러 가지 일을 해야 한다는 거다. 즉 용접공이 취부도 하고 그라인더는 물론, 도면까지 볼 줄 알아야 한단다. 내가 받은 느낌은 한마디로 개방귀 소리다.

그때 더욱 기막힌 꼴을 보았다. 관리자 한 놈이 금방 들어온 훈련소 출신인 신입 조합원을 보고 "이봐! 자네는 직종이 용접이지, 요즘은 용접만 해선 안 돼." 하더니, "어이 김 반장, 이 친구 데려다 두어 달 취부도 가르쳐서 다기능 사원으로 쓰도록 해!" 그러자 늙은 반장은 "예, 예. 알겠습니다." 하고 굽실굽실.

나는 살아오면서 그때만큼 분노를 느낀 적이 없었다. 그놈을 그 자리에서 때려죽이고 싶었다. 아마 그놈이 내게 보여

준 행동거지가 나를 투쟁의 대열로 내모는 결정적인 역할을 하지 않았나 싶다.

그럼 그게 왜 그렇게 나를 화나게 하는 일이었을까?

위에서 이야기했듯, 나는 용접 하나를 배우기 위해 혼신의 힘을 기울였다. 그 과정에서 겪은 숱한 고생 또한 어찌 말로 다하겠는가?

내가 아는 바로는 한 사람이 자기 직종 하나에 평생을 다 바쳐도 완성에 이르지 못한다. 지금도 나는 현장에서 용접고대를 잡으면 혼신의 힘을 쏟으며 늘 배운다는 자세를 갖는다.

노동이란 이처럼 힘겨울 뿐만 아니라 노동 그 자체에 혼을 불어넣어야 하며 말로 표현할 수 없는 그 무엇이 있는 것이다. 그런데 그놈은 노동 직종을 학교에서 수학공식 하나 외우듯 쉽게 취급했다. 말단 관리자의 의식이 그렇다면 이건 그 위에 있는 경영자들 대갈빼기에 든 생각이 그대로 반영된 것이니 내가 느끼는 분노는 당연했다.

나는 그때 뼈저리게 느꼈다. 노동을 해보지 않은 놈은 절대로 노동의 가치를 알 수 없다는 것을. 그러기에 자기들이 대학 나와 관리자가 된 것을 뻐기게 되고 현장에서 일하는 노동자를 무시하는 것을 당연한 것으로 알고 있음을 말이다.

| **안윤길** 현대중공업노동조합, 2000년 12월 |

아빠, 왜 맨날 똑같은 옷만 입어?

남편이 구속된 지 두 달이 다 되어간다. 그 무더운 땡볕 아래 비닐천막 하나에 몸을 의지한 채 열악한 근로조건과 고용불안을 해결하기 위해 비정규직 정규직화와 실질임금을 요구하며 파업에 들어갔다. 어느새 눈 내리는 추운 겨울이지만 파업은 6개월이 넘도록 길어지고 있다. 파업에 들어가면서 위원장으로서 갖는 책임이 크기 때문에 최후의 순간에는 남편이 구속되리라는 걸 이미 각오는 했지만, 막상 남편이 구속되면서 내가 갖는 절망과 아픔은 말할 수 없이 컸다.

유치장에 갇힌 남편을 면회하던 날, 남편 앞에서 절대로 눈물을 보이지 않으리란 다짐은 깨지고 막상 텔레비전에서나 보던 구멍 뚫린 유리창 너머로 남편을 보는 순간 목이 메여

말을 할 수가 없었다. 눈물이 서러움이 되어 멈추질 않았다. 아무 말도 못하고 그냥 돌아 나오는데 같이 면회 갔던 분들이 위로를 해주었고 그 위로가 나를 더 약하게 만들었다. 아이를 업고 쏟아지는 눈물을 닦으며 내일부터는 절대로 울지 않으리라는 다짐을 하고 집으로 돌아왔다.

남편이 구속된 뒤로 나는 살림만 하는 주부일 수만은 없었다. 어디든 네 살짜리 혜린이를 데리고 집회장소에 참석했다. 조합원 수가 많지 않은 까닭에 한 사람이라도 힘이 된다면 보태야 한다는 생각뿐이었다. 교활하고 비열한 회사와 서슬 퍼런 경찰의 힘 앞에 무참히 짓밟히면서도 뜨거운 동지애로 뭉쳐 처절하게 싸워나가는 조합원들을 보면서, 정말이지 그들의 순수한 마음을 외면할 수가 없었다.

처음에는 낯선 노래와 팔을 올리며 구호를 외치는 것이 쑥스러워 도저히 할 수 없었지만, 우리 조합원들의 절박한 마음을 회사와 경찰이 무조건 힘으로 짓밟는 모습을 보면서, 이렇게 당하고서도 어디 가서 하소연할 데라고는 하나 없는 현실을 몸으로 느끼면서 더 이상 순진하게 살림만 하는 주부일 수 없었고, 자신도 모르게 변해가는 내 스스로를 보고 깜짝깜짝 놀랐다.

매일 집회에 참석하다 보니 우리 혜린이는 집에서건 전철 안에서건 투쟁가와 투쟁구호 들을 흥얼거렸고 심지어는 남편을 만나는 구치소 안에서조차 "우리 아빠 풀어주고 인간답게 살아보자! 비정규직 철폐!"를 외치곤 했다. 자는 아이를 둘러업고 밤늦게 집으로 돌아올 때면 남편의 빈자리가 너무 커 혼자 운 적도 많다. 딸아이는 이제 경찰만 보면 두려움을 느낀다. 혜린이는 구치소가 아빠 회사인 줄 안다. 처음 아빠를 면회하고 오던 날, 혜린이는 나에게 물었다. 아빠는 왜 구멍 속에 있느냐고. 구멍 뚫린 유리창 너머에 있는 아빠를 그렇게 표현한 것이다. 그리고 구치소에 있는 남편을 만나러 갈 때마다 그 작은 입으로 아빠에게 묻는다. 아빠는 왜 맨날 맨날 똑같은 옷을 입느냐고.

아이들이 아빠에게 안길 수 없는 현실이 가장 가슴 아프지만 남편을 원망하거나 탓하지는 않는다. 노조를 결성하고 4년 4개월. 해고되고 또다시 구속되는 과정에서도 남편이 사람들에게 갖는 애정이 너무도 크다는 걸 알기 때문이다. 때로는 편하게도 살 수 있으련만 그 힘든 길을 선택해서 가는 남편이 옆에서 보기 안타깝지만 나는 남편이 가는 길이 옳다고 믿는다. 고달프고 힘들지만 그 길이 사람이 기본으로 가져야 하는 양심이라 믿으며 말이다.

흰눈이 펑펑 내렸으면 좋겠다. 6개월 넘게 파업에 참여하는 조합원들이 힘들고 지친 마음에 잠시나마 여유를 느꼈으면 하는 마음에서다.

파업에 참여하느라 몸은 힘들고 생활은 힘들지만 인생에 있어 더 크고 값진 소중한 것들을 너무 많이 얻었기에 그것만으로도 나는 이미 승리했다고 이야기하고 싶다.

| **김혜정** 이랜드노동조합 배재석 위원장 부인, 2001년 1월 |

목 안 짤리고 일만 할 수 있으면 좋겠어요

전라도 진도에서 농사짓다가 1983년에 서울에 왔어요. 친척 분 소개로 청소일을 시작했죠. 청소한 지 이제 15년 됐네요. 청소에도 여러 가지가 있는데 재활용품 수거, 대형 폐기물 수거, 음식물 쓰레기 수거, 길거리 청소 들로 나누어져요. 이 일을 2년마다 돌아가면서 해요. 지금은 길거리 청소를 하는데 새벽 6시부터 오후 3시까지 일해요. 5시 30분까지 와서 출근도장 찍고 일 시작해요. 집이 강서구니까 새벽 4시 20분 정도에 나와서 첫차 타고 와요. 가족들이랑 아침은 못 먹죠. 저녁 한 끼 같이 먹나? 새벽에 나올 때는 잠 안 깨게 조용히 나와야 돼요. 그리고 일찍 자죠. 9시 뉴스 보기가 힘들어요. 휴일에도 잠자야지.

청소하다 보면 주민들한테 우리가 잘못한 게 없어도 무조건 고개를 숙여야 돼요. 도로 쓸다가도 먼지 날린다고 하지, 길가에 쓰레기 마구 내놓고 조금만 뭐라 해도 주민들이 신고를 얼마나 잘하는지 들어가서 시말서 써야 되고 그래요.

저는 마포구청 소속인데 공무원은 아니고 그냥 구청이 고용한 직원이에요. 월급은 해마다 조금씩 오르는데 IMF 겪으면서 깎였죠. 구청마다 기본급은 같은데 수당이 달라요. 다른 데는 야간수당이 나오는데 여기는 안 나오거든요. 하루에 일당이 2만 5천 400원이에요. 기본급이 40만 원 조금 넘고 보너스도 나와요. 그런데 하루 결근하면 연차수당, 월차수당이 다 깎여서 30만 원 정도 깎여요. 일 시키는 것도 다 다르죠. 어디 힘 안 들이고 일하는 데 있겠어요.

처음보다 일하는 건 많이 나아졌죠. 리어카로 연탄재 나르고 그랬는데, 이제는 모두 차로 바뀌고 연탄재는 거의 없잖아요. 그리고 규격봉투가 나와서 더 나아졌죠. 해마다 기계화 되고 나아지긴 하는데 인원이 주니까 그게 걱정이죠. 저희도 IMF 닥치면서 사람이 많이 줄었어요. 2년 동안 거의 300명이 나갔어요. 쉬는 공간이 몇 군데 있는데 예산 절감한다고 없애고 있어요. 그러니 쉴 곳도 없는 거죠. 정년퇴직도 61세였는데 58세로 내려버리고 여기는 인원도 더 안 뽑아요. 점차 줄이면서 용역업체로 다 넘어가고 있어요. 용역업체에

선 열 사람 일 시킬 거 다섯 사람만 쓰니까 구청 쪽에서는 비용이 절감돼서 점점 용역업체로 넘기려고 해요. 용역업체는 일이 빡세요. 못하면 금방 잘라버리면 되잖아요. 용역업체가 적은 인원으로 일을 다 못하고 밀리면 구청으로 넘기잖아요. 그러면 저희 불러다가 또 뒷처리하죠.

올 봄에 서울에 온 지 18년 만에 작지만 집도 장만했어요. 우리 집사람이 같이 벌었죠. 어디 혼자 벌어서 집 사겠어요. 이제 정년퇴직이 3년 남았는데 이 나이에 뭐 다른 일을 하겠어요. 퇴직하면 어디 가서 경비라도 해야죠. 내년에 뭐 바람이랄 것도 없어요. 그저 목 안 짤리면 다행이라고 생각하면서 일해요.

| **이득교** 환경미화원, 2001년 1월 |

꽃다운 나이였던 우리들

지긋지긋한 더위가 한풀 꺾이고 아침저녁으로는 시원한 바람이 불어오는 1976년 9월. 오후 2시, 일을 들어가기 전에 함께 일하던 동료들과 찍은 사진을 보니 세월의 흐름을 넘어 바로 얼마 전에 있었던 일처럼 생생하다.

그때 우리는 7월 나체시위로 한바탕 난리를 겪고 평상의 모습으로 돌아가려 무척 애를 썼다. 동료들이 현장에서 위축되지 않게 노조 사무실에 함께 가서 교육도 받을 수 있도록 하여 노조에 대한 관심을 계속 갖도록 하는 일에 몰두하고 있었다.

내가 동일방직에 들어간 것은 1975년 봄이었다. 나는 들어가서 처음에는 정방(국숫발처럼 가늘게 말아진 조사를 다시 가늘게 실로 만들어내는 공정)에 배치되었다. 현장의 온도는 늘 30도가 넘어 겨울에도 반팔에 짧은 치마를 입고 작업도구 때문에 앞치마를 둘렀다. 기계 소리가 어찌나 시끄러운지 조장, 반장 들은 작업지시나 일이 엉망이 되었을 때 사람들을 불러 모으기 위해 호루라기를 쓸 정도였다.

내가 처음 동일방직에 들어가서 했던 일은 기다란 빗자루로 바닥을 밀고 다니는 일이었다. 작업현장엔 솜먼지가 깔리고 날리고 하기 때문에 바닥을 쉬지 않고 쓸어내고 기계에 낀 솜먼지를 계속해서 빼내면서 일을 해야 했다. 그리고 기계 보는 일은 숙련이 필요한 일이어서 시간이 나는 대로 눈치껏 기계 앞에서 실 잇는 연습을 해서 어느 정도 할 수 있게 되어야 정식으로 기계 앞에서 일할 수 있었다.

그때 우리 동일방직 노동조합은 회사와 항상 팽팽한 대립을 하고 있었다. 관리자들은 노조 활동을 하는 핵심 간부들과 일반 조합원이 만나는 걸 막기 위해 무수한 노력을 하고 있었다. 조합원과 조합 간부들이 이야기하는 것도 막았고, 노조 핵심 활동가들한테는 일도 많이 맡겼다. 또 기계가 낡거나 먼지가 많이 나는 기계를 주어 일을 훨씬 힘들게 하였다.

그런데 나는 들어가자마자 당시 조직국장이었던 정인자 언니에게 찍혔다. 항상 생글거리고 빨랑빨랑 움직이는 나를 인자 언니는 참 많이 도와주었다. 내가 하는 일도 도와주고 실

잇는 일을 배우도록 배려해주기도 하였다. 그때 내 별명을 발발이라고 지어주기도 했다. 발발거리고 잘 돌아다닌다고 지어준 별명이다. 그러니 나는 들어가자마자 노조를 드나들었고 당연히 우리 조합원들을 위해 일하는 노조 활동을 적극적으로 하게 되었다.

나는 동일방직에서 3년을 근무하다 해고당할 때까지 한 번도 기계 앞에 서보지 못했다. 이 부서 저 부서로 옮겨다니며 처음 회사에 들어오는 양성이 하는 일만 했으니 회사도 어지간했지만 나도 상당히 어지간했나 보다.

나체시위를 할 때 나는 정방에서 조방으로 부서 이동을 당한 상태였고, 이 사진은 조방 동료들과 같이 찍은 사진이다.

조방에서 일하는 사람들은 모두 18명 정도였다. 조방 사람들은 부서 이동을 한 나에게 참 친절하게 잘해주었다. 왕따를 시키지도 않았고 일이 서툴러서 자기의 기계가 제대로 돌아가지 못하는 일이 생겨도 야단 한 번 치지 않고 씩 웃으며 해결해주던 동료들이었다. 단합도 잘되었다. 회사에서 무슨 지시를 내리거나, 노조 일로 부화뇌동하지 말고 열심히 일만 하라고 아무리 잔소리를 해도 말대꾸 한마디 하지 않았다. 그러다 노조에서 무슨 지시만 떨어지면 모두 하나가 되어 움직이는 그런 부서였다.

사진에 있는 유자 언니, 용자 언니, 광순이 언니 모두 노조

에 열성적인 사람들이었다. 물론 모두 나보다 아주 오래된 고참들이었다. 용자 언니만 결혼 때문에 해고되기 바로 전에 회사를 그만두었고, 모두 다 해고된 사람들이다.

사진에서처럼 작업복은 언제나 이렇게 반팔에 치마를 입었고, 신발은 운동화 앞머리를 칼로 잘라냈다. 현장이 너무 더워 땀을 많이 흘리기 때문에 무좀을 예방하기 위해 앞을 틔웠다. 운동화 바닥엔 못 쓰는 솜을 깔기도 하고 심한 경우에는 반드시 면양말을 신었다. 특히 가운데 양말을 신고 있는 유자 언니는 무좀이 너무나 심하게 걸렸다. 어떨 때는 무좀 난 발이 아려서 걸음을 못 걸을 정도였지만, 절룩이면서도 결근하지 않고 열심히 일했다.

지금은 모두 뚱뚱보 아줌마들이 되었지만, 그때 가졌던 그 마음은 지금도 변하지 않고 살아 움직이겠지. 정말 다시 보고픈 얼굴들이다.

얼마 전 동일방직 해고자들이 다시 복직투쟁을 시작했다. 해고된 지 23년이 지났지만 우리가 동일방직 복직투쟁을 다시 시작한 건 꽃다운 나이였던 우리들에게 민주노조를 만들었다는 이유로 저질러졌던 폭력과 불법 부당한 일들을 올바르게 알려야 하기 때문이다.

그때 권력기관과 회사가 야합을 해서 노동자를 탄압했다는 것이 사실로 인정되어 명예회복은 되었지만 사실 이게 우리에게 무슨 도움이 되겠는가? 이미 우리는 20년이 넘는 세월 동안 온갖 일들을 겪으며 나름대로 열심히 살아왔는데…….

나는 내 인생을 달라지게 했던 나체시위와 똥물사건을 죽어도 잊을 수 없다. 그래서 동일방직 복직은 너무나 당연하다고 생각한다. 현 정부도 과거의 반노동자적인 정책을 청산하기 위해서 동일방직이 우리의 복직을 인정할 수 있게 해줘야 한다고 본다.

그래서 진실을 찾아야 한다. 노동자를 탄압하는 일은 언젠가는 역사 앞에서 반드시 호된 심판이 따른다는 사실을 알려야 한다. 다시는 현장에 똥을 뿌리고, 해고를 시키고, 불순분자라고 블랙리스트를 돌려 생존권을 말살하는 그런 일들이 일어나지 않았으면 하는 마음이 더 큰 것이다.

| **정명자** 2002년 1월 |

명순이 아줌마를 떠나보내고…

또다시 조립실에 비수기가 왔다.

파견 노동자들이 차례로 불려가 관리자와 면담을 했다. 이번에는 특이하게 12월의 마지막 날 모두를 모아놓고 명단을 불렀다. 우리가 퇴근하면서 현장을 거의 다 빠져나갔을 때 차례로 이름 부르는 소리가 들렸다.

새해가 밝아 출근을 해보니 현장에 사람이 반으로 줄었다. 네 개 라인이 두 개 라인으로 개편되었다. 그런데 3년 가까이 함께 일해온 명순이 아줌마가 이번에 잘렸다는 것이다.

이 일이 있기 전에 다른 파견직 사원들은 면담을 했지만 명순이 아줌마는 면담조차 하지 않아서 안심하고 있었을 텐데. 1년에 두어 번씩 이런 일이 있을 때마다 그저 자기에게는 형식적인 절차려니 했을 텐데……. 집에 가는 통근버스에서 너무나 당황해 하더라고 사람들이 그랬다.

이번에 가습기를 만들면서 유난히 힘들게 일했던 명순이 아줌마가 생각난다. 가습기의 중요 부품인 히터를 고정시키는 나사못이 너무 안 들어가서 손목 아파하던 명순이 아줌마. 철야며 특근이며 절대 빠지지 않던 아줌마가 요즘 몸이 안 좋아져서 몇 번 빠지기도 했는데…….

결국 명순이 아줌마는 작별인사조차 제대로 하지 못하고 쫓겨난 꼴이 되고 말았다. 공장일이 다 그렇지만 우리도 2, 3년만 지나면 골병이 드는 일이 많다. 손목 아프다고 컨베이어를 비워가며 살살 할 수도 없고, 뭐든 안 맞으면 두들겨 패가면서 억지로 맞춰야 된다. 하루에도 무거운 박스를 몇십 번 올리다 보면 팔이며 어깨 아픈 거는 두말할 것도 없고, 맥이 탁 풀리기도 한다. 거기다 3시간 잔업에 철야, 특근까지 하려면 다리가 아프다 못해 저리고, 어떤 사람은 마비도 온다고 한다.

이 회사에서 오래 버티려면 어떻게든 말을 잘 듣는 노예가 되어야 한다. 말대답을 해도 안 되고 특근, 철야를 빠져도 안 된다. 나이 어린 반장이 이름을 함부로 불러도, 별 싸가지 없는 소리를 다 들어도 그저 일만 열심히 해야 된다. 죽도록.

그렇지 않으면 말 그대로 찍힌다. 찍히면 별거 아닌 일에도 꾸중과 잔소리를 들어야 하고, 얼마 전에 라인 구조조정 때 했던 것처럼 본보기로 당첨된다.

이번에 명순이 아줌마가 짤린 것은 본보기다. 최근 오래된 파견직 아줌마들이 몸이 안 좋아져서 전과는 다르게 철야나 특근을 한 번씩 빠지기 시작한 것에 대한 관리자들 나름의 대책인 것이다.

지난번 정식 사원 아줌마들에게 했던 것과 비슷한 수법이다. 본보기를 보여서 힘을 과시하면 아줌마들은 완전히 기가 죽어버린다. 본보기의 효과는 아마 자기들이 기대했던 것 이상이었을 것이다. 그때 본보기로 뽑혔던 사람들은 철야니 특근이니 그 이후로 거의 빠지지 않고 다 했으니까…….

한 사람이 짤린 것도 문제지만 갈수록 저 놈들의 횡포가 심해지는 것도 큰 문제다. 컨베이어는 갈수록 빨라지고, 경쟁은 더 심해지고, 노동자로서 우리의 자존심은 완전히 짓밟힌다.

늘 반복되었던 일인데도 어쩔 수 없이 지켜보기만 하는 내 자신이 너무나 한심하고 명순이 아줌마에게 미안한 마음이 든다. 하지만 언제까지나 계속되도록 내버려두지는 않을 것이다. 당장은 어쩌지 못하지만 꼭 바꿔내고 말 테니…….

| **양영아** 2002년 2월 |

그림으로 보는 종다리의 인생살이

후레아패션 노보 1989.

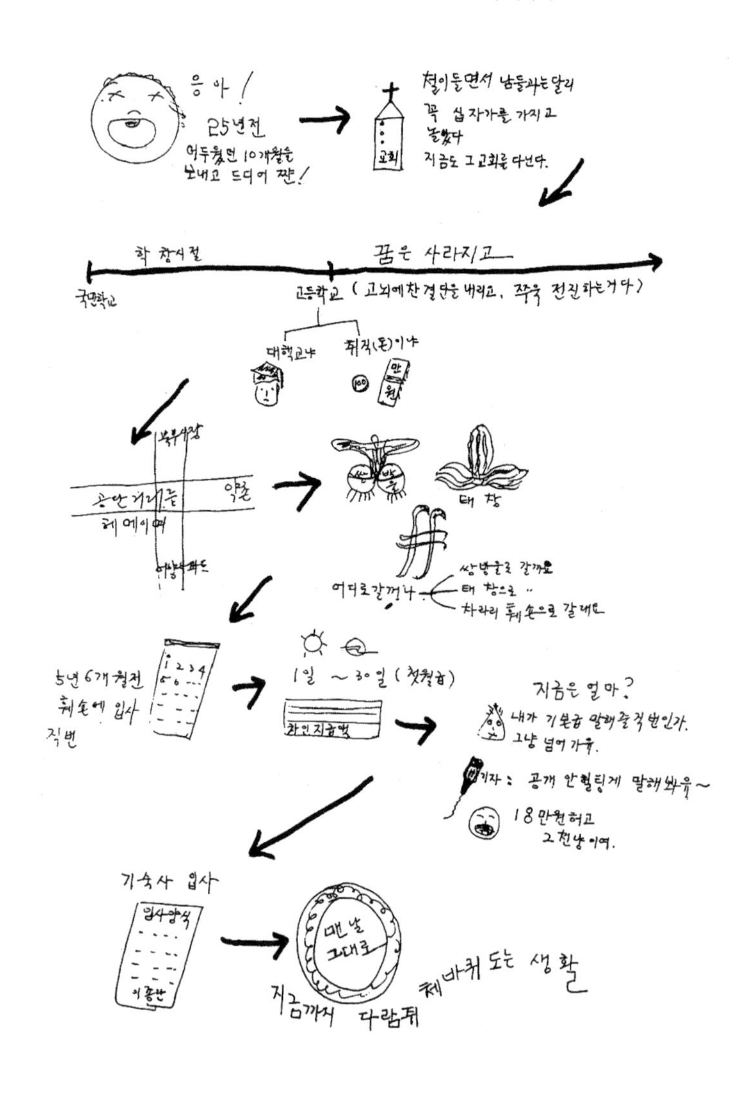

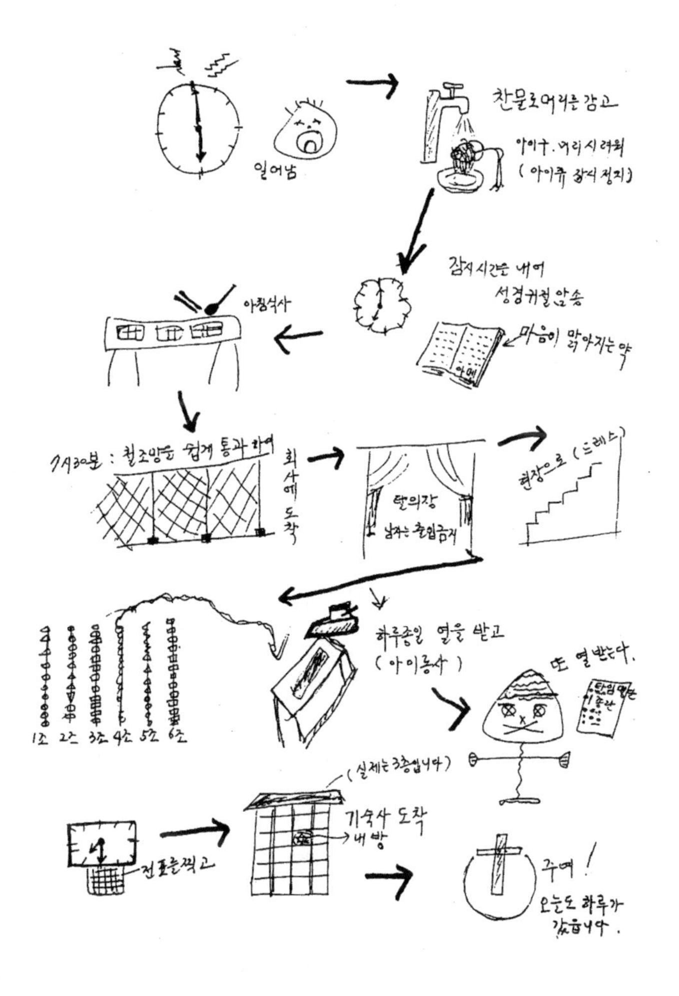
일어남
찬물로머리를 감고
아이구. 머리 시려워
(아이큐 잠시 정지)
잠시 시간을 내어
성경귀절 암송
마음이 맑아지는 약
아멘
아침식사
7시30분 : 철조망을 쉽게 통과하여
회사에 도착
탈의장
남자는 출입금지
현장으로 (드레스)
하루종일 열을 받고
(아이롱사)
또 열받는다.
1조 2조 3조 4조 5조 6조
(실제는 3층입니다)
기숙사 도착
내방
전표를찍고
주여!
오늘도 하루가
갔읍니다.

| 1996년 2월 |

하루

'내일이면 그만둘 것이다.' 하며 다짐한 지 벌써 한 달이 넘었다. 그만두지 못할 별다른 이유도 미련도 없는데 날마다 아침에 출근하고 다음 날 퇴근이다.

오늘은 빨리 끝나려나 했는데 또 11시가 다 되어간다. 유 과장님은 마친다, 마친다 말만 하고 아직도 기계를 돌리고 있다. 오늘 내가 한소리 해서 그런가 보다. 개발 초기품을 납품하기로 업체와 약속한 지도 벌써 며칠이 지났는데 아직도 오늘내일 미루는 금형실 유 과장님과 김 대리에게 화를 좀 냈더니 오늘도 야근일 듯싶다. 어제도, 아니지 어제가 아니라 오늘 새벽에야 일이 끝나고 다시 출근하고 오늘도……. 뭐, 하루 이틀 이러는 것도 아니니 우리들에겐 익숙해질 대로 익숙해진 듯싶다.

한 30분쯤 지났나, 공장에 불이 꺼지고 금형실 사람들이 카드를 찍기 위해 다들 들어서고……. 쭈뼛쭈뼛 집에 들어가지 않고 내 눈치만 살피고 있다. 뭐, 이유야 알지만 별 말 않고 "수고하셨습니다." 한마디만 하고 마저 서류를 만들었다. 다들 한숨을 쉬며 돌아갔다. 그래도 그 가운데 대장인 유 과장님은 끝까지 물어보고 가신다.

"보경아, 내일은 월급 나오나……?"

"뭐 내일은 결제 받아 온다고 했으니까 기다려보세요. 뭐 늦는 게 한두 번인가……."

별다른 할 말이 없었다. 사실 내가 총무 담당은 아니다. 내가 컴퓨터를 잘 쓴다는 이유로, 이 부서 저 부서 일을 한다는 이유로 그냥 내게 물어보신다. 내가 무슨 말을 할지도 아신다. 대답이야 늘 똑같았으니…….

12시가 다 되어가는데 오 주임은 뭐하는지 아직도 들어오지 않는다. 오늘 지각해서 그런가. 늦게까지 볼일 보러 나갔다 들어오지 않았다. 우리 회사는 아홉 시면 버스가 들어오지 않기 때문에 내가 늘 태워줘야 한다. 손전화기로 전화를 하니 늦을 것 같다며 먼저 들어가란다. 무슨 놈의 회사 품질이 이런지 품질관리 오 주임은 내일도 지각일 듯싶다.

머리가 덥수룩한 게 찝찝하다. 머리 깎은 지가 두 달쯤 된 것 같다. 하늘을 봐야 별을 딴다고 했던가? 쉬는 날이 있어야 머릴 깎지. 이번 주엔 무슨 일이 있어도 일요일에 손전화기를 꺼놓을 테다.

드디어 월급이 나온단다. 이번 달은 3일이 늦었다. 다들 이제야 일할 맘들이 생기는가 보다. 본의 아니게 현장 관리까지 맡은 나로선 월급 늦는 게 너무 힘든 일이다. 일꾼들이 "월급도 안 나오는데 일하면 뭐 하노!" 하며 5시에 퇴근해버릴 땐 정말 난감하다. 나도 그냥 월급쟁인데……. 물론 아저씨 아줌마들이 나보고 뭐라는 건 아니다. 내가 떼 좀 쓰면 못 이긴 척해주시긴 한다.

나도 몇 번씩 사장에게 협박 아닌 협박을 해보았다. 요즘이 어느 때인데 월급이 늦냐고 따지지만 또 사장 처지를 이해해주다 보면 수그러든다. 돈도 안 주면서 물건 내놓으라는 모업체나 돈 안 주면 물건 안 준다는 협력업체. 이제는 따라주던 직원들도 시큰둥하다. 공장 하나 더 지어 커지는 듯싶더니 괜히 직원들만 죽어난다.

저번 달 하루 월차, 또 하루 결근이다. 아버지가 초기 암이라신다. 수술도 잘 끝났고 병원비가 부족한 것도 아니다. 다만 집이 가게를 해서 옆에 있을 사람이 없어 가족과 친척이 번갈아간다.

잔업시간 140시간 조금 넘었고, 받은 월급은 85만 원. 내

기본급은 78만 원이다. 그나마 많이 올렸다. 저번 대리가 75만 원이었으니 죽어라고 일만 하고 많이 올려 받는 거다. 주임 직책수당 10만 원, 그리고 잔업 140시간이면 꽤 될 텐데……. 뭔가 이상하다.

총무 담당이 "이번 달은 추석이 길고 결근했잖아." 한다. 무노동 무임금인가……, 일당직도 아니고……. 허허 웃음만 나온다. 우리 일꾼들은 다들 그 말에 그냥 '아, 그렇구나.' 하며 돌아선다. 다만 김 기사가 자기 월급이 2만 원이 틀렸다면서 화를 내며 따질 뿐이다. 회사 밥 먹은 지 10년이 넘도록 다녀도 한 해 2천만 원도 되지 못하는 월급으로 아이 둘을 키우는 서 과장님, 유 과장님도 "나는 물들 대로 물들어서 모르겠다"며 그냥 돌아선다.

드디어 그나마 조금 남아있던 미련도 줄이 끊어진 것 같다. 가끔씩 집에 들어가지 못할 정도로 늦은 시간이면 자던 기숙사 방에서 몇 개 되지 않는 짐을 꺼내 차에 실었다. 사무실 책상이라도 뒤집고 싶지만 나 같은 사람이 한둘이랴…….

내일이면 드디어 사표를 낼 수 있을 듯싶다.

이제 맘 놓고 머리를 깎아보자.

| **김보경** 2002년 2월 |

경비원
박 씨

명절은 명절인가 보다
커다란 선물꾸러미 하나씩 꿰차고
상여금 받았다고 한잔씩 하러 가는
사람들이 부럽기만 하고
오늘따라 한 평 남짓한 경비실이
답답하기만 한 경비원 박 씨
답답함 삭일 겨를도 없이
자신도 모르게 퇴근시간 맞추어
열심히 경례 붙인다

그래도 조립실에서 일하는
막내아들 뻘 되는
철용이가 멋쩍은 표정으로 다가오더니
곱게 포장한 양말상자 쓱 내밀고서는
"복 많이 받으소." 한다

쥐새끼 한 마리 얼씬 못하게
이 큰 공장 문지기 해왔건만
남들 다 받아가는 상여금 한 푼
떡값이라고 봉투 한 장 받아본 적 없는
꼴랑 돈 60만 원에
하루에도 몇 수십 대 들락거리는
승용차 향해 경례를 붙여야 했고
반장 명찰만 달고 지나가도
45도 깍듯이 인사를 해야 되는 고달픈 이 짓도
언제 잘릴지 모르는 일용직인데

일용직이고 뭐고 느낄 겨를도 없이
박 씨는 오늘도
퇴근길 정문 앞에서
자신도 모르게 경례 붙인다

| **배순덕** 프레스 노동자, 2002년 4월 |

너, 손도 없잖아!

손 잘린 아들은 오늘도 죄 지은 사람마냥 말이 없다. 분홍색 티셔츠에는 '해피 라이프(Happy Life)'라는 글귀가 새겨져 있다. 흰색 차도르를 쓴 어머니는 그런 아들을 붙잡고 다시 눈물을 흘린다. 이 집안에 닥친 불행을 되새겨낼 때면 모든 사람은 죄인처럼 침묵과 울음에 잠겨버린다. 1993년 8월 초 방글라데시 다카 간다르타의 빈민가에 있는 집으로 이스라일알리 칼로가 왼손을 잘린 채 들어선 뒤로 한 해 동안 계속되고 있는 모습이다.

"이 동네에서 30년째 살면서 별별 것 다 보며 살았지만 병신한테 딸 주는 사람 못 봤어요. 우리 아들 어쩌면 좋아. 공연히 땅 팔아가지고 한국 보내가지고 귀한 자식 거지 되고 죽게 만들었으니……. 자꾸 저 왼팔을 일부러라도 안 보려고 하지만……."

모슬렘인 어머니 하시나 바누는 그래서 날마다 다섯 번씩 이렇게 기도를 올린다고 했다.

"알라여, 저는 이미 남편도 없는 여자입니다. 다른 아들 하나도 사고로 잃었습니다. 부디 도와주세요. 도우시지 않으면 저 아이와 저는 어쩌란 말이십니까……."

이스라일알리의 동생 슐레이만은 4년 전에 전기사고로 죽었다. 그래서 그이의 사진은 8년 전 암으로 죽은 아버지 사진과 나란히 걸려 있다. 이 집은 죽음의 경험이 많을 뿐만 아니라, 이스라일알리처럼 배운 것도 없고 돈도 없고 일자리도 구할 수 없는 사람은 정말 죽을 수밖에 없다는 생각을 자연스럽게 가지고 있다.

지금 이스라일알리네 식구 여덟 명은 방 두 칸에 화장실 하나가 붙은 셋집에 같이 산다. 방 값만 1천 500다카(1다카는 약 20원)다. 수도 값, 가스 값, 물 값을 합치면 간단히 2천 다카가 넘는다.

이런 상황인데 돈을 버는 사람은 큰 형 무하마드 오스만(서비스업)과 작은 형 쇼바한(재봉사) 둘 뿐이다. 무하마드가 버는 게 한 달에 3천 다카, 쇼바한이 버는 게 1천 500다카다. 여덟 식구가 먹고 살기도 어렵다. 막내인 밀랄 후세인까지 대학에

다니고 있어 어려움은 말할 수도 없다고 한다. 물론 이스라일알리에게 누가 일거리를 줄 리 없다.

그이가 한국으로 갈 때는 이 집안으로선 엄청난 돈을 들이부었다. 고향 간다리아에 있는 땅 5카타(1카타는 20미터×20미터 크기)를 팔아 2천 달러를 마련하고, 삼촌과 큰 형 친구, 자기 친구 등 세 명에게 다시 2천 달러를 빌렸다. 그 4천 달러를 모두 브로커에게 줬다. 그리고 한국 시흥에 있는 '경진정밀'에서 일하다 프레스 기계에 왼쪽 손목 위 20센티미터 지점을 잘렸다. 기계에 뭐가 껴서 떼어내려고 기계를 멈추고 청소를 하는데 다른 한국인 노동자가 모르고 작동 스위치를 눌렀다는 것이다. 하지만 그이는 보상을 받지 못했다.

한국에서는 월급만 받았다. 그러나 그 돈 200만 원 가운데 일부는 팔 잘린 뒤 여덟 달 동안 먹고살기 위해 썼고 일부는 동료에게 빌린 돈을 갚아야 했다. 그리고 방글라데시로 돌아오는 비행기 표를 사야 했다. 그러자 남은 돈은 500달러였다. 다시 300달러는 가족들 살림비로 줬다. 200달러, 그것이 그이가 마음대로 쓴 돈이다. 돌아오기 위해 산 큰 짐가방 한 개, 티셔츠 두 장, 바지 두 벌, 팬티 두 장, 구두 한 켤레, 운동화 한 켤레.

한마디로 그이는 빚을 한 푼도 갚지 못했다.

얼마 전에 그이는 용기를 내어 사람을 구한다는 곳 두 군데를 찾아가보았다고 했다. 대답은 "너, 손도 없잖아!"였다.

초등학교만 나온 그이는 요즘 가끔 잠자리에 누울 때마다 "내가 이러다 죽지." 하는 생각이 정말로 든다고 했다.

| **이스라일알리 칼로** 2002년 10월 |

아무리 흔들어도 국물도 없다?

5월이다. 아카시아 향기가 코끝에서 살랑거릴 이때쯤이면 현장은 한창 단체협상에다 임금협상에 정신이 없다.

'올해는 아무리 흔들어도 국물도 없다!'

언제인지는 잘 기억나지 않지만 임금협상 투쟁 시기에 맞춰 회사 홍보물인 〈인사저널〉에 실린 글 제목이다.

이것이 도대체 무슨 말인지 영문을 몰라 옆에서 일하는 아저씨에게 물었더니, 아저씨는 손을 흔들면서 "거 있잖아 왜, 파업할 때 팔 흔드는 거……."

이 말을 풀어보면 올해 임투에는 노동자들이 아무리 투쟁을 해도 회사에서 내줄 것이 없다는 뜻이다.

"참! 누가 글을 썼는지 제목 한번 죽이게 뽑았네……."

공장에서 일을 한 지 한 달쯤 지나 이곳도 하루가 멀다 하고 출근투쟁과 점심시간 중앙 집회를 하면서 점점 투쟁 분위기를 높이고 있었을 때다. 아직 하청으로 약간 개념이 떨어졌던 나는 점심시간 중식 집회에 아무 생각 없이 직영들과 함께 참석했던 일이 있었다.

12시 55분에 "야!" 하는 함성으로 집회를 끝내고 일하는 곳으로 돌아왔더니 우리 조장이 날 보고 하는 말, "니 직영이가? 뭐 하러 거 가 있노? 그러다 완장들한테 걸리면 니 고마 보따리 싸야 한데이. 이런 얼빠진 놈아."

'띵……. 아, 맞어. 나 하청이지.'

그렇다. 나는 내가 봐도 하청이고, 누가 봐도 하청이다. 하지만 난 누가 봐도 '노동자'다. 하지만 단체협상과 임금협상은 하청에게는 언제나 옆집 잔치일 뿐이었다.

"에~엥."

요란한 사이렌 소리를 신호로 우리는 88올림픽 때 벤 존슨과 칼 루이스처럼 서로에게 뒤처지지 않으려 아침 일을 하면서 남겨두었던 마지막 온 힘을 다해 식당으로 달린다.

늦게 도착하면 어떤 사람은 마구 짜증을 내기도 한다. 내가 가는 식당은 이 조선소에서도 둘째 가라면 서러울 만큼 큰 식당이다. 그런데 오늘은 어쩐 일인지 땀 흘려 전력 질주한 보람도 없이 큰 식당은 파리만 날리고 있었다.

"아이고, 괜히 힘만 뺐군……."

같이 온 아저씨의 너스레도 그저 즐겁다.

그나저나 오늘은 빨리 밥을 먹을 수 있으니깐 좋은 자리에서 한잠 잘 수 있겠다는 생각에 밥이 코로 가는지 입으로 가는지 모르게 먹었다.

식당 문을 열고 나오는 순간, 나는 그 식당이 썰렁한 까닭을 알았다.

"조합원 동지 여러분! 오늘은 임금 요구안 발송을 위한 모든 조합원 중앙 집회가 있습니다. 모든 조합원은 노동조합 앞으로 모이시기 바랍니다."

그때 노동조합에서는 조합원이 집회에 잘 모이지 않자, 조합에서 가장 가까우면서 큰 식당인 이곳 주위를 현수막 같은 것으로 빙 둘러싸고 있다가 조합원들이 밥을 먹고 나오면 조합 앞으로 몰고 가는 이른바 '토끼몰이'를 하고 있었다.

여기서 기막힌 풍경이 벌어진다.

직영인 옆 팀 아무개 반장이 슬그머니 완장을 벗더니 안주머니에 집어넣는다. 그리고는 집회에 가기를 부추기는 조합 간부에게 "아재요, 전 하청인데요." 하고 어물쩡 공장으로 들어간다. 이런 사람이 있는가 하면, 정면돌파형으로 "난 그런 거 모른다"며 포위망을 뚫고 공장으로 들어가는 사람들도 있다. 이도저도 못하는 소심한 부류는 그냥 집회가 끝날 때까지 식당에서 텔레비전을 보고 있든가, 화장실에서 애꿎은 담배만 축내기도 한다.

나를 막고 있는 조합 간부에게 물었다.

"전 하청인데요, 우리들은 가면 안 되나요?"

"글쎄……."

지금은 비정규직, 하청을 보는 조합 간부나 현장 활동가들의 생각이 많이(?) 좋아졌지만, 그때는 딱 "글쎄……"였다.

나는 가고 싶었는데, 그래서 미친 척하고 간 적도 있었는데, 도무지 이해가 안 되는 동네다.

그때부터 이 조선소에서 파업을 보지 못했다. 8년이 훌쩍 지나버린 지금까지도.

아침을 부랴부랴 먹고 쏜살같이 바람을 가르며 출근해서 보니, 반장이 오늘은 모두 직영반에 지원을 간다고 한다. 솔직히 형님들은 지원 가는 것을 싫어했지만, 나는 좋아했다. 왜냐하면 직영들은 우리보다 훨씬 쉬운 일을 한다. 그리고 장비도 좋아서 일할 맛이 난다. 하지만 8년이 지난 지금, 나보고 지원 가라고 하면 반장이랑 싸워서라도 안 간다. 일은 쉬울지 모르지만 우리는 똑같은 대접을 받고 싶다. 어쨌든 그때는 신나서 지원을 갔다.

직영 반장이 "노조가 오늘 오후 4시에 행사를 해서 많이 나가니 열심히 좀 해주소." 한다.

"뭔데요?"

"임투 출정식이라 하던데……."

참 더러운 일이다.

오후 3시 쉬는 시간부터 대의원들이 호루라기를 불고 난리다. 하나둘 일손을 놓고 탈의실로 내려가 버렸다. 텅 빈 일터에 혼자 남아 일을 하려니 온갖 생각이 다 났다.

7시까지 남은 일을 하고 임투 출정식이 거의 끝나가고 있는 운동장에 갔다. 2만 조합원이라 하더니 진짜 많이들 모였다. 혹시나 관리자들이 볼까 몰래 운동장 끝에 걸쳐 지켜만 봤다. 그 많은 사람들 가운데 "거기 있지 말고 이리와 앉아. 노동자는 하나잖아!" 하고 말해주는 사람은 없었다. 쓸쓸한 맘으로 공장을 나서는데 "집에 가지 말고 이리와 앉아. 우리는 하나잖아!" 하는 놈이 있었다. 내 든든한 벗 '쐬주!'

8월 한가위를 앞두고 총무가 사무실로 우리를 순서대로 불러올렸다. 먼저 갔다 온 사람에게 물었더니 시급 올리는 것 때문이란다.

"아하! 하청도 임금협상이라는 것이 있네요."

"웃기지 마라! 말이 인상이지 요거 빼고 저거 빼고 나면 꼴랑 100원이 다다."

"애개, 겨우 100원……."

"야, 이놈아! 그것도 나처럼 고숙련 노동자니깐 그 정도지,

내가 볼 때 너는 한 50원 오르면 다행이다. 그러니 총무가 50원 부르면 군소리 말고 내려와라."

"……."

하청의 임금인상 시기는 해마다 6월이다. 하지만 제때 임금이 인상된 적이 없었다. 왜냐하면 그것은 직영의 임금인상 폭이 나와야 거기에 맞춰 임금을 올려주기 때문이다. 그래서 지지난해처럼 직영 임금협상이 해를 넘겨버릴 때에는 하청도 따라서 해를 넘기기도 한다.

사무실 책상에서는 사장이 전화를 하고 있고, 총무는 나랑 마주앉아 서류를 들추었다가 수첩도 보면서 바쁘다.

"어……, 너는 입사한 지도 얼마 안 됐지만 일도 부지런히 하니 100원 올려서 3천 800원 줄게."

"그건 그런데요, 왜 수당이 안 나와요?"

"무슨 소리야, 수당이 안 나가다니!"

"자격증이 있으니 자격수당 3만 원을 받아야 하고, 만근을 했으니 만근수당 3만 원, 그리고 복지수당 3만 원을 줘야 하는 거 아닙니까?"

"니가 몰라서 그래. 수당은 무조건 하나만 주게 되어 있어! 그러니깐 수당으로 3만 원만 지급되는 거야."

"그리고 작업복 주면서, 옷값으로 2만 원이나 떼가면 어쩌자는 겁니까?"

"하청업체는 직영에서 주지 않아서 밖에서 사 와야 하기 때문에 그래. 이해해라."

"……."

할 말이 없었다. 말이 협상이지 실제로는 '협박'이었다. 하청에게는 직영처럼 단체협상이라는 것이 없다. 처음부터 끝까지 일대일로 처리한다.

한번은 월급 명세서에 '도장 값 3천 원'이라 적혀 있어 총무한테 물어봤다. 우리 총무님, "현장에서 너무 열심히 일해서 자꾸 사무실로 오라면 귀찮아할 것 같아서 내가 도장 파서 근로계약서에 찍었다. 왜 예전에 점심시간에 본 것 있잖아!" 한다.

이 사건으로 한 사흘 동안 총무랑 싸웠다. 총무랑 단 둘이서.

우리한테는 봄에서 여름으로 넘어가는 이때가 가장 힘들다. "직영은 회사에서 얼마를 올려 준다고 하더라……. 성과금으로 연말에 200퍼센트를 준다더라……. 일시 타결금으로 100퍼센트 하고 이틀 유급휴가를 준다 카더라." 등등.

쟁의행위 찬반투표나 합의안을 가지고 하는 투표 때, 직영들은 세 시간쯤을 투표시간으로 인정받고 있다. 그 시간에 공장에서 우리는 관리자들의 눈총을 받으며 일해야 한다. 이유는 너무나도 간단하다. "하청이니깐!"

올 2002년 노동조합에서 내놓은 단협안에 비정규직과 관련한 내용들이 많이 실렸다. 참 고마운 일이고 기쁜 일이다. 또 한편으로는 아쉬움이 많다. 이번 새로운 집행부는 공약으로 '비정규직 차별 철폐'를 내세울 만큼 의지가 있었다. 하지만 의결기구인 대의원 80퍼센트 이상을 회사 쪽 사람들이 차지해버렸고, 현장은 오로지 '생산성!'에 내몰리고 있는 상황에서 힘겨운 싸움이 될 것이라 본다. 들리는 소리에 회사는 죽어도 그것만은 물러설 수 없다고 '배 째라!' 하고 있다니 더 힘들 것 같다.

나는 이렇게 생각한다. 하청 노동자의 모든 권리는 누가 찾아줘서 될 것이 아니다. 우리가 우리 힘으로 찾아야 한다. 직영 노동자들은 동정 어린 눈으로 우리를 보지 말아야 하고 하청 노동자인 우리도 스스로를 깎아내려서는 안 된다. 직영이건 하청이건 우리는 똑같은 권리를 누릴 자격이 있는 이 땅의 주인인 '노동자'이기 때문이다.

얼마 전 세계 노동절이었다.

우리 반장 하는 말, "노동자는 쉬는 날이 맞는데, 우리 노가다는 일하는 날이니깐 꼭 출근해라!"

자기 생일도 못 찾아먹는 하청의 실정에 오늘따라 이 말이 뼈에 사무친다. 노 · 동 · 자 · 는 · 하 · 나 · 다.

| **이현** 현대중공업 하청 노동자, 2002년 11월 |

선전물 뿌리기

집행부에서 일하게 되면서 가장 크게 달라진 건 아침에 일찍 출근하는 것이다. 이전에는 단협에 따른 작업시간을 지키려고(?) 늘 8시 '땡' 하면 정문을 통과하고 오후 6시가 되면 바람처럼 퇴근했던 나로서는 큰 고역이 아닐 수 없다.

선전물을 뿌리려고 새벽에 일어나서 아침 7시까지 나오고 퇴근할 때는 5시부터 나와서 선전물을 뿌려야 한다. 아침밥을 못 먹는 것은 물론이고 세수를 못할 때도 있다. 처음에는 많이 늦었다.

'출근괴담'이라고 아는가? 아침에 눈을 떠 시계를 봤는데 시계는 먹통이고 출근을 위해 일어나야 할 시간은 이미 지났을 때다. 그날이 선전물 뿌리는 날이면 피가 거꾸로 솟는다. 잽

싸게 일어나 창문을 열어본다. 혹시 비라도 오면 선전물을 안 뿌리고 식당에 갖다놓기 때문이다. 하지만 아직까지 비가 와서 선전물을 안 뿌린 적은 한 번도 없다. 한결같이 날씨는 맑다. 그러면 재빨리 옷을 입고 출근을 해야 한다. 물론 옷을 입다가 발가락이 걸리고 양말을 너무 세게 신다가 찢어지고 오토바이 시동을 걸면 시동도 안 걸리는 어려움이 있지만…….

억지로 종합목재 정문까지 오면 7시 25분쯤 된다.(이걸 두고 나는 '슈퍼맨 출근'이라고 부른다. 눈을 떠서 시간이 늦었으면 이부자리에서 몸만 쏙 빠져나와 슈퍼맨처럼 옷을 갈아입은 뒤 택시를 타고 날아가듯 출근을 하는 걸 말한다.)

한 몇 번 늦다 보니 같이 일하는 집행간부들 눈초리가 너무 매섭다. 그래도 요즘은 좀 낫다. 먼저 집에서 가까운 문으로 장소를 바꾸었고, 선전물을 돌리게 되면 전날 미리 일찍 잔다. 그러면 늦을 확률은 거의 없다. 물론 전날 술도 잘 안 먹는다. 아침은 짧게 라면으로 때우기도 하고 선전물을 빨리 돌리고 나면 회사 식당에서 밥을 먹기도 한다.

처음에 선전물을 돌릴 때는 손에 익지 않아서 떨어뜨리기도 하고, 길 중간에서 억지로 나누어주다 지나가는 오토바이 매연을 뒤집어쓰기도 했다. 잠도 덜 깨서 몸은 무거운데 시간은 길기만 했다. 하지만 요새는 여유가 좀 생겨서 선전물을 나누어주며 인사도 하고, 아는 얼굴이 보이면 너스레도 떤다. 출근하는 사람들 얼굴을 보면서 그날 분위기를 살피기도 한다.

선전물을 돌리다 보면 온갖 일이 다 있다. 아직은 날씨가 추워서 주머니에 손을 넣고 가다가 선전물을 보면 억지로 손을 내민다. 한번은 선전물을 바로 앞에까지 주었는데도 손을 꺼내지 않고 가는 사람이 있어서 억지로 선전물을 안겨주니까 손을 꺼내는데 손가락이 잘려서 뭉툭한 손을 내밀고 있다. 추워서 그런 게 아니라 잘린 손이 부끄러워서 못 내밀고 있었나 보다. 그리고 선전물을 받으려다 자기 물건을 떨어뜨리는 사람도 있다. 이럴 땐 무척 미안하다.

요즘은 알릴 일들이 많아서 한 주에 세 번 넘게 선전물이 나간다. 날마다 정문 앞에서 뿌리는 모습이 사람들에게 많이 띄었는지, 낮에 조합원들을 만나면 '요즘 선전물 뿌리느라 고생이 많다'고 격려를 해준다. 그리고 선전물이 가지는 효과도 엄청나서 선전물이 나간 날은 하루 종일 그 내용을 두고 전화가 온다.

앞으로 이태 가까이 이런 생활을 이어가야겠지만 선전물이 가지는 중요함을 생각하고 날마다 일찍 일어난다. 모자라는 잠은 주말에 채우면서.

| **이승용** 2003년 1월 |

3만 원을 쓸 때

값을 치르러
한 번에 3만 원을 건넬 때면
이게 내 하루 노동을 판 값이라는 생각을 한다.

사무실 의자에 붙박여
상사의 비위를 맞추며
시키는 대로 한
그 시간의 값이라는 생각을 꼭 하게 된다.

3만 원을 낼 때
나는 이 돈을 벌기 위해
회사에서 견디는 내 모습을 본다.

업소 다니는 언니는 화장품을 사면서
이 돈을 어떻게 벌었는데 하고

눈물 흘렸다는데…….

내 손을 떠나
누군가의 고단한 웃음을 저당 잡을
저 돈을 본다.

| **남기** 2003년 2월 |

짜장면 파티

공장에 학생 라인이 있다는 말을 듣고 입사를 했다. 첫날은 잔일을 시키지 않아 학교 가는 데 문제가 없었는데 둘째 날은 잔일을 꼭 해야 한다며 조퇴증을 안 끊어주는 것이었다. 8시간 노동제가 되어 있다면 허락 맡고 뭐하는 복잡함이 없을 텐데 속이 상했다. 그러나 어쩌랴. 할 수 없이 사흘째 되는 날 일을 마치고 나서 사직을 해야겠다고 말했다.

급료는 다음 달 25일에 주겠다고 하여, 그날 찾아갔더니 돈이 없다며 다시 한 달을 더 미루었다. 경비 아저씨들은 자기들끼리 낄낄거리며 뭔 아가씨가 챙피한 줄도 모르냐는 둥, 사흘치도 임금이냐는 둥 약을 올리기만 했다.

나는 '삼세판이다. 한 번만 더 참자.' 생각하고 꾹꾹 눌러 참으면서 한 달 뒤에 다시 찾아갔다. 또다시 한 달을 미루는 것이었다.

더는 봐주고 참고 할 일이 아니었다. 사무실에 올라가 얘기하겠다고 버티자 경비 아저씨가 다짜고짜 욕을 하며 끌어내어 밖으로 밀려났다. 정말이지 더럽고 치사했다.

내가 일한 대가를 받는데 왜 이리 무시를 당해야 하는 걸까? 딱 하루를 일했다 해도 대가를 받는 것이 당연한 권리이며 의무가 아닌가?

월급날만 되면 경비실 앞으로 줄지어 몰려드는 사람들. 퇴직금 못 받은 사람, 15일치 임금 못 받은 사람, 나처럼 며칠 일하고 못 받는 사람……. 이것이 우리의 노동현실인가!

같이 회사 앞에서 기다렸던 30명가량의 사람들은 거의 뿔뿔이 흩어졌다. 나는 몇 사람을 붙들고 해결을 보고 가자고 호소했다. 다들 귀찮은지 못 들은 체하며 지나갔지만 나하고 여섯 사람은 마음이 맞아 남았다.

우리는 기다렸다. 밤이 깊어갔지만 책임자를 만나리라는 마음으로 두 시간을 기다렸다. 주임이 나타났다. 쫓아가서 얘길 했더니 일주일 뒤에 오라면서 그냥 가버렸다. 우리는 다시 회사 앞으로 왔다. 얼마 뒤 부장 모습이 보였다. 나는 쫓아가면서 당당하게 주장했다.

"부장님, 임금은 자기가 일한 대가를 받는 거 아녜요? 회사에서 일할 때는 제때에 월급을 주면서, 회사를 떠났다 하면 몇 달씩 미루면서 사람을 지치게 하고, 그게 뭐예요? 아주 포기하게 만들고 싶으신 거죠? 그렇게 해서 남을 회사 이익이 얼마나 될는진 모르지만 사람의 자존심을 이렇게 짓뭉개도 좋은 거예요? 저희들 포기 안 해요."

그는 무안했던지 창피하게 이러지 말고 내일 나와서 얘기하자며 자가용에 횅하니 올라버렸다. 마치 더러운 거라도 본 듯한 모습이었다. 차를 붙잡아놓고 실랑이를 벌이고 싶은 마음은 굴뚝같았지만 다음 날로 미루기로 했다.

우리들은 연락될 수 있는 친구들을 불러 같이 움직이기로 하였다. 만일 다음 날도 미룬다면 사무실에 들어가 농성이라도 해야겠다고 결심했다.

그러나 다행이었다. 다음 날 우리 일곱 명하고 다섯 명이 더해져 열두 명은 사무실로 올라가 당당하게 밀린 것을 받아냈다. 어떤 애는 2년치 퇴직금이었고, 어떤 애는 25일치 임금, 그리고 나는 3일치 임금을 받았다.

경리 아가씨는 질렸다는 듯이 머리를 절레절레 흔들며 "상상을 벗어난 아가씨예요. 부럽네요." 하며 히죽거렸다. 하지만 누가 내 권리를 지켜주겠는가?

우리들은 그날 중국집으로 몰려가 짜장면으로 기념잔치를 했다. 그때 기분을 누가 알겠는가? 짜장면 한 가닥씩 들고

'건짜, 브라보'를 외치면서 우리들 자신이 새삼 놀라왔다. 그건 참 신나는 일이었다. 우리는 좋은 경험을 계기로 친목모임을 만들기로 했다.

우리는 우리의 권리를 끝까지 내버리지 않았기 때문에 더욱 좋은 동무가 될 것이다. 그런 자신감이야말로 하루하루를 희망차게 살도록 하는 뿌리임을 새삼 느낀 날이었다.

| **박은옥** 2003년 2월 |

내가 받은 돈
2만 5천 원!

내가 받은 돈 2만 5천 원

파업했다고 받은 돈이라네

내 새끼들 먹여 살려야 하는데

여섯 달 동안 받은 돈 2만 5천 원

술 한 잔 값도 안 되었다네

먹고살라고 뼈 빠지게 일한 대가라네

더러운 법

더러운 세상 곱씹어보지만

파업했다고 잘린 내 노동형제들 불쌍해서

2만 5천 원 오늘 불살랐다네

내 육체의 몸 불살랐다네

청계천의 노동자가 온몸에 기름 부어서

노동법 지켜라 했듯이

난 내 더러운 법에

기름 부었다네
날 억누르던 그 더러운 법들에
코에 걸면 코걸이
귀에 걸면 귀걸이
그 더러운 법
노동자에겐 잔인하리만큼
비정한 그 법에
오늘 그 뜨거운 기름을 부었다네

나 죽어 오늘을 산다 말하지 말게
여기는 자본가 천국일 수 없다네
여기는 노동자 천국일 수도 없다네
다만 우리가 원하는 것
노동자도 인간답게 살고 싶다는 것
우리 사는 세상 21세기란 것
나 말하고 싶었다네
나 2만 5천 원 받고 살 수 없었다네
파업하다 잘린 노동자 불쌍해서 살 수 없었다네
나 기름 부어 이 한 몸 해방되었지만
죽어 우리 억누르는
저 잔인한 법, 저 쇠사슬 녹이는

용접봉이고 싶었다네

내가 살아서 그랬듯이…

| **김대영** 2003년 3월 |

상처로 남은 책

일주일에 두 번 여성 상담원 교육을 받고 있는 나는 상담에 관심이 부쩍 늘어 일요일날 영풍문고에 가서 상담 심리학책을 두루 살펴보았다. 상담심리학 입문, 카운슬링의 실제, 상담과 심리치료, 상담이론, 인간이해와 상담……. 다양한 책들을 들춰보고 무얼 살까 궁리하느라 시간 가는 줄 모른다.

책꽂이를 훑어 내려오다 맨 아랫줄 가운데 꽂힌 책을 보았다. '상담의 필수기술'. 나는 기습당한 듯 제목을 바라본다. 내가 6개월 동안 다닌 출판사에서 나온 책이다. 주로 사회과학 코너에 가면 볼 수 있는 책들. 나는 그 출판사의 책들을 만나면 손대지 않고 한참 쳐다보곤 했다.

뜻밖에 만난 이 책을 그냥 지나칠까 하다 한번 들춰보았다.

'아!' 어쩐지 제목이 낯익더라니, 내가 그 출판사에서 마지막으로 편집한 책이다. 번역책인데, 원서의 편집 틀을 그대로 흉내 내 편집했다. 갈피마다 내 손을 거치지 않은 쪽이 없다. 머리말, 제목, 꼬리말, 장면을 알리는 번호표, '내담자', '상담자'의 고딕체, 해설에 쓰인 견명조체, 비워두었던 사진 자리……. 자판 단축키를 써가며 손가락을 부지런히 놀리는 내 모습을 글자 하나하나에서 볼 수 있었다.

나는 원고 디스켓을 제일 먼저 받아서 단행본 틀에 맞게 글씨체를 바꾸고 표를 손질하는 틀 지워진 일을 했다. 단순한 일인 만큼 하루에 처리해야 할 분량은 많았다. 이 책을 만들 즈음엔 스타일이나 매크로를 먹이는 일이 숙달되어 내가 지금 뭘 하는지도 모를 만큼 빠르게 자판을 두드려댔다.

나는 이 책을 좋아했다. 딱딱한 이론을 늘어놓은 교재나 표나 통계가 많은 책이 아니고 상담 대화가 주가 되어 사람 냄새 나는 책이었기 때문이었다. 내용을 읽고 싶었지만 편집만 하기에도 시간이 빠듯해 자판을 두드리면서 흘끔흘끔 글줄을 훔쳐 읽곤 했다. 책을 만들면서 그건 쏠쏠한 재미였다.

이 책을 만들 때, 오른쪽 손목에 파스를 붙이고 보호대를 끼고 일했다. 병원에서는 손목을 무리하게 써 인대가 늘어났다고 했다. 물리치료를 받느라 오후에 한 시간 정도 병원에 다녀와서 다시 자판을 두드렸다. 손목에 물혹 같은 것이 생겨 둥글게 부풀어오르고 손바닥이 부었다. 손목이 쑤시다 팔꿈치까지 저려오면 왼손으로 편집을 하기도 했다.

정형외과 대기실 창문가에서 가만히 햇볕을 받고 있으면, 치료를 마치고 회사로 돌아가야 한다는 걸 이해할 수 없었다. 근육이 닳아 손목이 상해가는 걸 뻔히 보면서도 내 몸을 내가 보호할 수 없었다. 손목 주사를 맞고 나서 손목이 따가워 교정 보는 척하면서 컴퓨터 화면을 들여다보고만 있기도 했다. 동료들은 푸르등등하고 차가운 오른손을 만져주며 "어떻게 좀 해봐." 하고 울상이 되곤 했다.

내가 병원에 처음 다녀온 날, 편집부장은 "인대가 늘어나? 니가 한 게 뭐 있다고 인대가 늘어나?" 하고 소리를 쳤다. 나는 부장이 그렇게 나올 줄 알고 있었다. 그러다 부장은 금방 누그러져 "의료보험증은 있니?" 하고 물었다.

회사에서는 일한 기간이 적다고 내 보험을 들어주지 않았다. 부장도 어쩔 수 없었을 것이다. 부장은 내 일감을 줄여줄 수도, 내 의료보험을 들어줄 수도 없었다. 사장 몰래 병원에 보내주는 배려를 해줄 수 있을 뿐이었다.

나는 이 책을 만들 때 완전히 혼자였다. 생각을 더 하고 싶지 않았던 나는 오락에 열중하듯 책을 만드는 데 완전히 빠져 있었다. 일하는 동안에는 간섭 안 받고 남 눈치 안 봐도 되니까 화면 앞에서 눈도 깜박이지 않고 입을 반쯤 벌린 채 일했다. 이 책을 만들 때 처음 부장한테 칭찬을 받았다.

"미선이가 신이 나게 일하네."

뒤에서 지나치는 말을 얼핏 들었다.

밀레니엄을 앞둔 연말이었다. 그러나 자판 치는 소리와 독촉하는 전화 소리밖에 나지 않는 우리 사무실에는 하루하루 마쳐야 할 일감만 있을 뿐이었다. 창밖에는 날마다 눈이 펑펑 내리고 있었다. 내리는 눈에 둘러싸여 우리는 세상과 고립되어 있었다. 놓쳐 보내는 눈에 마음이 아렸다. 퇴근해서 밤새 술을 마시고 다음 날 비틀거리며 제자리로 온다. 숨 쉴 때마다 들큼한 술 냄새가 나고 어질어질해서 화면의 글자들이 저희들대로 움직거린다. 필름을 출력해 오라거나 디스켓을 갖다주라거나 잔심부름시키려고 부장이 불러도 몰랐다.

"얘야!"

화난 외침에 벌떡 일어나 가면 왜 이제 오냐고 야단친다.

"제가 가는귀가 먹었거든요."

나는 작게 대답한다. 그러면서 진짜 내 귀가 먹은 것 같다고 믿었다. 혹은 책을 편집하다가 문득 나를 부르는 소리를 듣고, 후다닥 부장에게 가서 "저 부르셨어요?" 하고 묻는다. 부장은 오히려 놀라 눈을 흘기며 "내가 재 땜에 미치겠어." 한다. 나는 등 뒤에서 숙덕이는 부장의 말마디가 모두 나를 흉보는 것이라 여기며 내 책을 편집한다.

그렇게 끌어안고 일해도 이 책은 내게서 떠날 책이었다. 맨 먼저 원고 파일을 받아 내가 단행본 꼴을 만들어놓으면 오래 근무한 언니들이 교정을 보고 마지막으로 부장이 오케이지를 내어 출력소에 넘겼다. 책이 출판되면 교정 본 언니에게만 책을 준다. 나는 손질하느라 애먹었던 표와 그림들을 어깨너머로 본다. 책 읽을 시간도 없었지만, 책을 만들면서 나는 늘 책에 주렸다.

내가 틈틈이 교정 본 것을 인정했는지, 지은이에게 보낼 편집본을 나보고 그대로 출력하라는 말을 들었을 때 기뻤다. 쪽수며 상담 장면 번호, 문장부호들을 다시 확인하고 출력해서 부장에게 갖다 주었다.

"얘야."

부장은 다시 나를 불렀다. 머리말에서 둘째 장 첫 문장이 엔터키에 밀려 내려가 있었다.

"이대로 보내면 필자가 우리 출판사를 얼마나 이상하게 생각하겠어. 마지막까지 신경 써야지. 너 실컷 일해놓고 꼭 이렇게 한마디를 들어야겠니?"

말끝에 안타까움이 서려 있었다. 다른 때와 달리 부장은 야단치고 싶지 않았던 거다. 나는 왼손으로 오른손목을 감싸쥐고 있었다.

이 책의 편집은 끝났고, 나도 떠나야 했다. 밥숟가락을 들거나 전화번호를 누르고, 이불을 갤 때도 손목이 아팠다. 회사를 그만두겠다고 한 날, 나는 부장이 길길이 화를 내며 "니가 한 게 뭐 있다고 벌써 그만둬?" 할까 봐 가슴이 두근두근했다. 뜻밖에 부장은 말없이 듣고 나서는 그렇게 하라면서 "그래, 내 마음이 무겁다. 손목이 평생 아플지도 모르는데 우리 회사에 와서 그렇게 된 거라 마음이 무겁다"고 말해주었다.

사장은 빙글거리며 내 속을 떠보았다.

"꾀병 같기도 하고……."

나는 손목을 싸쥐고 더듬거리며 의사 소견을 말했다.

"내가 보기엔 너가 본래 병이 있는데 그게 지금 나타난 것 같다."

나는 무서운 사장 앞에서 빨리 회사를 그만둬야 한다는 생각 때문에 아무 대꾸도 못하고 웃기만 했다. 말을 다하고 계단을 내려가는데 사무실 문이 덜컹 열리며 기다리고 있던 동료 언니 둘이 우르르 뛰어내려 온다.

"미선 씨, 어떻게 됐어?", "괜찮아?"

진심 어린 묻는 말에 갑자기 목이 메인다. 일이 고되고 틈을 안 줘도 같이 있는 사람들 사이에 생길 수밖에 없는 정이 고마웠다. 괜찮다고, 얘기 잘됐고 언제쯤 그만두기로 했다고 말하고 지하철을 타려고 걸어가는데 갑자기 참을 수 없는 울음이 북받쳐 올랐다. 동료들이 고맙고, 혼자 쫓겨나가는 것 같아서 얼굴을 감싸고 목 놓아 울면서 길을 걸어갔다.

시간이 지나 다른 직장을 구하고 새로운 친구들을 사귀면서 출판사에 대한 기억은 차츰 잊혀졌다. 그러다 때때로 나는 궁금해했다. 마지막으로 열심히 만든 그 책은 어떻게 되었을까. 어떤 모습으로 세상에 나왔을까. 지금 교재로 쓰이고 있을까. 가끔씩 궁금해질 때마다 이유 없이 마음이 안타까웠다.

'2000년 3월 20일'. 책이 나온 날짜를 물끄러미 본다. 이 책이 나올 무렵 나는 깁스를 하고 빈방에 종일 앉아있었다. 판권에는 사장 이름만 나와 있어 만든 이들을 잊어버린 책이다. 오래전에 내가 돌봐야 했던 아기를 다시 쓰다듬는 기분으로, 대견해하며 한편으론 버림받은 기분으로 책을 본다.

한 발 물러나 책장을 올려다보았다. 내가 사려고 하는 이 무심한 책들은 누가 만들었을까. 혹 이 자리에 서서 자신이 만든 책을 상처로 바라보는 또 다른 사람이 있지는 않을까.

| **안미선** 산업재해노동자협의회 편집일꾼, 2003년 4월 |

잔업, 특근 안 하고도 살 수 있으면

벌써 4월이다. 우리 현장은 12월에 난로를 설치해서 3월 말에 집어넣고 5월 넘어서 선풍기를 꺼내 틀면 그게 1년이 가는 거다.

내가 이 회사에 들어와 펌프를 만든 지도 올해로 10년이다. 나는 펌프에 들어가는 어른 얼굴만 한 쇳덩어리에 드릴로 구멍 뚫고 나사 내는 일을 주로 한다. 대부분 수출용인데 그동안 일이 많지 않았는데 사장이 중국에 가서 영업을 하더니 펌프 주문을 많이 받아서 우리 현장이 무척 바빠졌다.

회사 사원이 500명 되는데 내가 알기에 제조업에서 이름 있는 대기업 빼놓고 보통 이 정도 기업에서 일하는 사람들은 잔업, 특근 없으면 실제 받는 월급이 적어서 한 달 한 달 근근이 사는 게 현실이다. 내가 시간외 근무를 안 하면 세금 빼고 받는 돈이 80여만 원이니 나보다 나이 많고 애들까지 있는 사람은 진짜 먹고살기가 힘들다.

해마다 임금인상이 되어도 시간외 근무를 하지 않으면 기본급 몇만 원 더 올라가는 것밖에 없다. 이런 회사한테 늘 아줌마 아저씨들이 하는 소리가 있다.

"내가 일이 힘든 거는 다 할 수가 있어. 잔업 좀 해서 먹고 살게는 해줘야 할 것 아니야. 어! 이거 생활이 안 되잖아."

현장에서 일하는 아줌마들이 절반 정도 되는데 진짜 서로 잔업 · 특근 더 하려고, 아니 한 푼이라도 더 벌려고 하는 모습이 어떨 때는 안쓰럽기도 하다.

부서마다 책임자들이 일거리에 맞춰 잔업, 특근을 시키는데 이게 책임자하고 가깝게 지내는 사람이나 아니면 한두 사람만 계속 일을 시키게 될 때가 있다. 그때그때 잘 조절하지 못하면 서로 기분이 상해 싸움까지 하게 된다.

책임자는 잔업을 하지 못하는 작업자한테 누가 누가 잔업을 하니까 미안하다고 이야기하고 이해해달라고 한다. 일 더 하겠다는 것도 이렇게 쉽지 않다.

우리 부서도 1년에 잔업, 특근하는 달이 대여섯 달도 안 되는데 요즘은 잔업에 토요일 일요일 없이 다 나와서 일해도 부족할 만큼 일거리가 늘어났다.

요즘도 바쁜 부서 몇 군데만 잔업을 하는데, 며칠 전부터 우리 부서에 주임, 아줌마, 내 또래 총각, 이렇게 세 명이 잔업시간에만 지원 와서 일을 하고 있다.

저녁을 먹고 쉬는 시간에 아줌마가 나한테 "저 주임은 왜 그렇게 얄밉냐?" 한다. 나는 속으로 이 아줌마가 또 무슨 흉을 보려고 그러나 싶어 가만히 듣고만 있었다.

"아니! 여기저기 잔업하는 데만 찾아서 꼬박꼬박 안 빠지고 잔업 다 한다. 으유! 사람이 너무 얄미워……."

이 아줌마는 말 함부로 한다고 소문이 나 있는 사람이다. '진짜 남 돈 버는 거 가지고 자기가 월급 줄 것도 아니면서 별 소리를 다 한다. 얄밉긴 아줌마가 더 얄밉다.' 하고 한마디 해주고 싶은데 그냥 머리만 끄덕이고 말았다.

퇴근시간이 다 되어서 반장 형이 나한테 하는 말은 "주임님! 일 너무 열심히 한다. 솔직히 일 안 해도 누가 뭐라고 할 사람도 없는데 와서 도와주니까 너무 고맙다"였다. 이렇게 보는 눈이 다르다.

다음 날 주임이 일 마치고 기계 청소를 하고 있는데 내가 옆에 가서 바닥을 쓸면서 한마디 했다.

"주임님! 우리 부서 와서 고생하시는데 막걸리 한잔 사드려야 되는데……." 했더니 무뚝뚝한 말투로 "아! 빨리 쓸어!" 한다. 나야 주임의 평소 말투가 그런 것을 아니까 그냥 웃고 넘기는데, 속으로는 '씨! 술 사준다고 해도 툴툴대네. 이제 국물도 없다…….' 한다.

주임은 올해 나이가 쉰한 살이다. 이 회사에 25년째 다니고 있다. 직책은 주임이지만 아직도 작업자같이 현장에서 장갑 끼고 일한다. 물론 주임보다 늦게 들어오고 나이가 한참 어려도 직책이 더 높은 사람도 있다.

나는 그 사람들보다 주임한테 더 정이 간다. 주임 말대로 주임은 이 회사를 군대 제대하고 일주일 쉬고 들어와서 이제까지 다닌 것이다.

아직도 현장에 더럽고 지저분한 일은 먼저 나서서 한다. 오늘도 잔업시간에 기계 잡고 일하는데 사무실에서 일하는 내 나이 또래 반장이 주임 옆에 가더니 주머니에 손 넣고 짝다리 짚고 한마디 한다.

"주임님, 아! 빨리 빨리 해요. 빨리……."

서로 편하니까 장난으로 하는 말인데 내가 듣기에는 별로 좋지 않아서 나도 짜증나는 말로 "니가 해라 임마, 니가. 어!" 했더니 못 들은 척 그냥 가버리고 만다.

주임이 잔업시간에 우리 부서 와서 일하기 전에 나한테 웃으며 말한다.

"야, 나 여기서 이 일 하고 돈 좀 벌면 안 되냐?"

대부분 주임 나이나 짬밥이면 과장이나 차장이 되어서 장갑 끼지 않고 사무실에서 깨끗하게 일하는데 아직도 현장에서 기름때 쇳가루 먼지 먹어가며 일하는 주임을 보면, 나는 정년퇴직을 몇 년 앞두고 이 회사 다니면서 남은 게 뭔지 주임한테 묻고 싶을 때가 있다.

나도 이 회사 계속 다녀서 그 나이가 되면 저렇게 생활하겠구나 하는 걱정도 들지만, 앞으로 잔업 · 특근 안 하고 하루 8시간 일해도 돈에 너무 쪼들리지 않게 살 수 있으면 정년퇴직할 때까지 기름때 묻은 기계 만지고 쇳가루 먹으며 일할 수 있겠다고 마음먹어 본다.

| **장형일** 신한일전기 노동자, 2003년 5월 |

다시 태어나면
큰 회사에 다니고 싶어

1941년 7월 3일에 충남 예산에서 태어났어요. 오빠 넷, 언니 해서 육남매의 막내예요. 아버지가 구식만 따지고 딸은 학교 안 보내서, 밭일하고 삼 같은 것 심고 목화밭에서 솜틀 타서 물레로 짜서 옷 해서 입었죠. 결혼해서도 시골서 애들 업고 나무하러 다녔다니까.

먹고살려고 서울 올라와서 일이라고 생긴 거, 돈벌이 된다는 건 다 해봤죠. 미국에 수출한다는 장화, 신발 만드는 곳에서 청소하고 새마을 일도 다녔어요. 박정희 때 개천 판판하게 하는 거 있잖아요. 아침에 가서 노래하고 일 시작했죠. 울퉁불퉁한 것을 판판하게 삽으로 할려니까 힘들었죠. 1973년 도던가 영등포 국회의사당 지을 때 거기도 일 다녔어요. 국회의사당 때 입히고 호스로 물도 주고. 돌 깔을 적엔 돌을 머리에 이거나 리어카에 싣고 끌고 다녔어요. 그렇게 나간다고 그래도 애들하고 먹고살려면 한 푼이라도 벌어야 하는데 여자벌이 쥐벌이라고 얼마 못 벌어요. 힘만 들지 얼마 벌지 못해요.

집에 일감을 가져와서도 많이 했는데 돈벌이 안 돼서 나가서 또 했죠. 실밥 따는 것, 바늘로 수도 놓고 뜨개도 하고 안 해본 것 없이 다 했어요. 보재기도 만들었고. 밥보재기, 상 덮는 거 말예요. 노는 새가 없이 조금씩이라도 늘 했어요.

서울 오니까 김치거리도 어찌나 비싸든지 배추 주워다가 김치 해먹었어요. 세 다니면서도 고생 많이 하고. 애들 학교 다닐 때 학교에서 뭐 해오라고 그러면 해보내지 못한 게 항시 걸려요. 애들 사달라는 거 제대로 사주지도 못하고. 나는 아파서나 집에 있을까, 살기 어려우니까 한 푼이라도 벌어서 쓸라고 쉬지도 못했어요. 시골에서 이사 온 지 얼마 안 돼서 어떻게 애들 먹이고 입히고 남부럽지 않게 할까, 이게 한이 되었어요.

80년대에 냉면공장에서 냉면 얼려서 비벼서 말려서 저울에 달아서 포장도 하는 일을 하다가 옷 만드는 데 다녔어요. 시다 같은 일을 하면서 여기저기 다녔어요. 지금 다니는 데는 한 3년 됐는데, 미싱을 배우고 싶어도 눈이 안 보여 바늘을 낄 수 없어서 허드렛일 해요.

우리 아저씨(남편)는 구청 미화원으로 23년 동안 일하고 지금은 퇴직했어요. 아저씨 번 것은 통장으로, 내가 번 것은 생활비로 쓰고. 살림에 보탬이 되니까 먹고 노는 것보다 낫죠. 그래서 1980년대에 집을 사가지고 세는 면했어요. 애들 가르쳐가면서 얼마 안 썼어요. 우리 아저씨 퇴직하고 나서 지금은 경기도에 있는 전기회사에 아는 사람 소개로 다니는데, 힘든 일이더라구요. 불이 뜨거워서 장갑 끼고 하고. 놀 수 없으니까 나가고 해요. 정년퇴직자라고 월급도 많이 안 주죠. 그래도 호되게 아프지 않으니까 다니는데 아프면 일 못 다니죠. 다니다가 말다가 나가다 또 가고 그래요. 거기는 의료보험이 된대요. 우리 집 아저씨는 미화원 할 때도 그렇고, 의료보험이 다 됐어요. 나는 조그마한 데 다녀서 의료보험이 안 되고. 아저씨는 그런 데 다니니까 좋더라구요. 그래 벌어서 사남매 길러서 큰아들하고 딸은 시집 장가 갔고, 이제 막내가 서른 넘었어요.

내가 몸이 안 좋아요. 힘들게 가위질하고 그러니까 어깨가 아프더라구요. 일 다니다가 무리해서 오십견이 와서 한 3년 다니다가 또 쉬었죠. 인대가 늘어나서 그렇데요. 인대는 쉽게 낫지도 않고, 지금도 힘들게 무리하면 아퍼요. 병원서 찜질하고 양의 한의도 가고 침도 맞고 그랬는데 오래 가더라구요. 지금도 힘들게 하면 아퍼요. 오십견 앓은 뒤로 아프더라구요. 일 안 해도 몸이 안 좋으면 더 아프구요. 아파도 뭐, 회사에서 보험이 안 되니까 그냥 나 혼자 병원 다녔어요.

지금 일 다니는 데는 9시에 출근하고 7시에 퇴근하는데, 급하면 10시까지 일해요. 큰 기업체나 빨간날 놀지 조그만 데서는 일해요. 회사가 밖에다 신임을 얻어서 그런지 일이 항시 많아요.

보험, 그런 거는 없어요. 한 달을 하루도 빠지지 않고 다녀야 월급 나오지, 일요일 빠지면 그만큼 월급에서 빼고 그래요. 안 빠지고 다니면 80만 원 정도 되는데 내가 일요일에 교회 간다고 빠지니까 돈이 빠지죠. 일당은 얼만지 모르겠어요. 저녁 7, 8시 넘어 10시까지 일하게 되면 식당에서 밥 먹고 8시에 떡 먹는데, 일을 가외로 해도 돈을 더 주는 건 없어요. 식사는 거기서 줘요.

피곤하지요. 10시까지 하면 피곤하지. 사장하고 사모하고 남자들 둘 있고 모두 16명이 있어요. 재단사하고 미싱사들은 아줌마들이에요. 점심시간에 같이 모여서 사는 얘기하고 그러죠.

더울 때는 에어컨이 있어서 할 만해요. 먼지는 많지. 저녁때는 신고 간 양말이 쌔까매져요. 먼지가 앉으니까 숨 쉬면 속으로 들어가겠지만 많이는 안 들어가겠지요. 하루 종일 불 켜놓고 일해요. 캄캄해요. 큰 건물에 지하라 캄캄한 데죠.

나는 시다일 하면서 일요일 하루는 교회 다니느라고 쉬어요. 제가 생전 살 거 같으면 회사 안 빠지고 그러겠는데 내가 죽잖아요. 회사에서도 일요일은 다른 사람은 다 해도 나는 안 오려니 해요. 교회 다닌 지는 40년이 다 돼가요. 둘째아들이 돌 지나서 젓을 빨지 않으니까, 수양어머님이 교회 다니라고, 잘못하면 애 죽인다고 해서 교회 나갔어요. 삼신을 위하지 않으면 교회 나가라고 그러더라구요. 애는 괜찮아지고 그때부터 나갔어요. 애 살릴려고 나갔어요.

바라는 건, 애들이 막내까지 취직이나 잘해가지고 결혼해서 잘 사는 걸 보는 거죠. 앞으로도 내가 벌어 사는 게 떳떳하지 애들한테 달라고 하면 지들도 사는 게 어려운데 그렇게 하겠어요? 이대로만 유지해나가면……, 애들한테 손 벌리겠어요?

나는 일 나가니까 집안일을 저녁에 와서 하느라 제대로 못 치우고 다녔죠. 저녁에 밥 먹고 피곤하니 자고. 힘들게 다녀도 많이 받는 것도 아니고 앞으로 한 2년 할까. 그래도 집에서 쉬면 일이 없어 심심하잖아요. 한 푼이라도 번다고 나가고 또 나가고 그래요. 일하면서 좋은 건 그냥 사람들하고 얘기하고 돌아다니면서 일하는 보람이 있잖아요. 집에 있는 것보다도 보람 있어 좋더라구요.

나는 인생 다 살았죠. 살아야 얼마 더 살겠어요. 팔십 산다면, 18년 더 살면 다 산 건데 건강하게 살다가 가는 게 소원이에요.

나 어릴 적만 해도 아버지 말 한마디면 설설 기었죠. 죽으라면 죽는 시늉이라도 했으니까. 나는 딸이라고 집에서 일이나 하고 학교 안 보내고, 부뚜막일 하는데 공부가 무슨 소용이 있냐고 하는 그게 항시 한이 되었어요. 딸이라고 세상을 원망하랴 내 부모를 원망하랴 하는 노래도 있었는데, 생각하면 부모가 잘못 산 게 아니라 세상의 환경이, 허허.

지금 어디 가서 글씨 쓰고 하는 걸 보면 부러워요. 옛날 밭매고 할 때 애들 학교 다니는 거 보면 나는 언제 가방 메고 학교 다녀보나 했어요. 지금 생각하면 내가 시대를 잘못 태어났어요. 조금 늦게 태어났으면 공부 좀 했을 텐데. 그때 시대는 공부는 남자들이나 하는 것으로 알았지 여자는 공부하면 큰일 나는 줄 알았어요.

아버지가 말만 한 년이 어디를 다니냐고 시장도 못 다니게 했어요. 바가지와 여자는 내돌리면 깨진다고 했어요. 지금은 식당엘 가도 친목계 하는 여자들이 주로 있고 그걸 볼 때 차이가 많죠. 우리 시대엔 어디라고 여자가 사먹으러 다녀요. 여자들이 바깥에 나가면 집안 망한다고 못 다니게 했어요. 뒷바라지 살림이나 하면 최고라고. 지금은 국회에도 여자가 있고, 여자도 다 하잖아요.

지금 태어났으면 좋겠어요. 나는 평생 맨 그저 일이었어요. 내 손에 없는 거 찾아서 낮이나 밤이나 찾으러 다녔어요.

다시 태어나면 공부나 많이 해가지고 남들처럼 살고 싶어요. 돈 많이 주는 직장, 그저 완전한 직장 잡고 싶죠. 큰 회사 같은 데 직장 다니고 싶어요.

| **이영옥** 봉제 노동자, 2003년 9월 |

제발
죽지 맙시다

가슴이 미어질 듯이 아픕니다. 오늘도 또 한 동지가 갔습니다. 열사가 되었습니다. 컨베이어벨트를 타고 제품이 나오듯이 열사가 나오고 있습니다. 더 이상 열사가 나오지 말아야 합니다. 이제는 무서워서 못살겠습니다. 가슴이 너무 아파 못살겠습니다.

몇 년 전에 소화불량으로 고생하던 동지가 암이라는 진단을 받았습니다. 서른세 살이라는 젊고 젊은 나이에……. 입원을 했다는 소식을 듣고 달려갔습니다. 조합 활동에서 언제나 앞장서던 동지인데 너무나 속상하고 안타까운 맘에 병원으로 한달음에 달려갔습니다.

병원 로비에서 성현이 엄마를 만났습니다.

"위원장님, 어떡해요? 앞으로 6개월밖에 남지 않았다고 하는데……. 성현이 아빠가 너무 불쌍해요……."

병원 로비에 서서 많이 울었습니다.

"울지 말고 올라가 보죠. 다 잘될 겁니다."

병실에 힘없이 누워있는 동지를 보니 울컥 눈물이 납니다.

"어때, 할 만해요?"

"생각보다는 좋네요. 견딜 만합니다."

"생각보다 얼굴이 좋아 보여 다행입니다. 뭐가 가장 힘들어요?"

힘들어서인지 한참을 머뭇거리다 겨우 이야기합니다.

"다른 건 하나도 힘들지 않은데……. 아이들 때문에 많이 힘들죠. 이제 여섯 살, 세 살인데……. 우리 성현이가 유치원에서 부모님 얼굴을 그리라고 하니까 엄마는 이쁘게 그렸는데 아빠는 잠자고 있는 그림을 그렸어요. 성현이가 나를 날마다 잠만 자는 사람으로 생각하나 봐요. 휴일도 없이 3교대를 하니까 오전, 오후 근무를 마치고 나서 동료들하고 어울려 술 한잔 하고 들어가면 아이들은 자고 있고, 야간 근무 때는 낮에 들어와 자고 있으니까 낮에도 자고 밤에도 자고, 잠자는 모습만 본 거죠. 조합이나 회사 그리고 마누라나 동료들에게도 미안하지만 아이들에게 제일 미안하죠. 아이들한테 잠만 자는 아버지로, 아파서 병원에 누워있던 아버지로 남을 걸 생각하니까 그게 가장 미안하고 아프네요. 이럴 줄 알았으면 가끔은 같이 놀아주고 놀이공원도 가고 그럴 걸 그랬네요. 조금 몸이 좋아지면 같이 많이 놀려고 하는데 어떻게 될는지 모르겠네요."

그 이야기를 듣고 그곳에 있던 모든 사람들은 소리 내어 펑펑 울었습니다.

"성현이 엄마, 우리 기도해요. 착한 사람이었으니까 우리 기도를 들어주실 겁니다. 제가 교회 안 간 지 꽤 됐지만 이제 교회도 가고 기도도 열심히 할게요. 반드시 일어날 겁니다."

이렇게 말하며 병원 문을 나섰습니다.

김주익 열사의 세 아이들이 눈에 보입니다. 그 아이들한테 아버지는 한 분밖에 없습니다. 그 아버지를 우리가 뺏고 말았습니다. 우리 죄가 큽니다. 우리가 너무나 비겁했기에 김주익 열사가 그렇게 열사의 길을 선택했던 겁니다. 아이들을 남겨두고, 힐리스를 사준다는 약속도 못 지키고…….

도대체 누구에게 부탁을 해야 합니까? 더 이상의 열사를 만들지 말라고……. 도대체 누구에게 무릎 꿇고 애원을 해야 합니까? 우리의 아버지를 아이들에게 돌려달라고……. 너무나 견디기가 힘듭니다. 왜 그렇게 결정할 수밖에 없었는지 잘 알기에 더욱 힘듭니다.

노동형제 동지 여러분, 제발 더 이상 죽지 마십시오. 가슴이 터지려고 합니다. 너무 아파 눈물이 쉼 없이 흐릅니다. 부탁드립니다. 더 이상 죽지 맙시다.

| **윤희웅** 율촌화학 노동자, 2003년 12월 |

맞는 답 고르기

부산했던 아이들의 흔적은
잿빛 먼지 덩어리로 남아있고
구석에서 버림받은 구겨진 종이에는 붉은 색연필로 사나운 동그라미와 비스듬한 막대기가 마구 그려져 있다
점수가 매겨진 초등학교 사회과 시험지, 나도 한번 하는 생각에 문제를 푼다

국민의 의무이면서 권리이기도 한 것을 골라라
1) 근로의 의무
2) 교육의 의무
3) 국방의 의무
4) 납세의 의무
5) 환경보존의 의무

시험지의 주인은 3, 4, 5를 골랐지만

거칠게 막대기가 그어져 있다
아이는 왜 일하는 것과 배우는 것에 무심했을까
지금 나라는 미국과 이라크 전쟁의 파병 문제로 어지럽고 정치가들의 뒷돈에 들썩이고 있으니
어쩌면 아이의 답을 가르친 건 어른들이 아닐까

열심히 일해도 당당히 대접받지 못하는 비정규직 노동자들
열심히 공부해도 일자리를 찾을 수 없는 청년 실업자들
아이의 답이 꼭 틀린 것은 아닐지도 모른다
그래도 가르쳐야 하겠지
일하고 배우고 환경을 지키는 것이 의무이고 권리이며 새날을 일궈내는 힘이라는 것을
노을이 물들어가는 아이들의 도서실, 나의 일터에서 생각한다

| **박선옥** 초등학교 도서관 비정규직 사서, 2004년 1월 |

공고 아이들의 졸업식

올해도 어김없이 졸업 날이 다가왔습니다.

이제 막 3학년으로 올라갈 2학년들은 이즈음 3분의 1은 현장실습 나갈 희망에 부풀어 있고, 학교에 남아서 계속 등교해야 하는 아이들은 조금 우울한 심정으로 지내고 있습니다. 가끔 "제발 저 좀, 실습 좀 보내주세요!" 하는 애원을 웃어넘기는 일도 많습니다.

하지만 저는 아이들의 현장실습을 그리 달갑게 받아들이지 않습니다. 물론 아이들은 천대받는 공업계 학교의 답답함을 벗어나 실습을 하고, 자기 힘으로 적으나마 돈을 벌 수 있다는 기대감으로 그런 생각들을 할지 모르지만, 제가 느끼기에 그 희망은 너무 부질없는 것이기 때문이지요. 실습의 의미는 학교 교육에서 이루어진 내용들을 직접 산업현장에서 활용할 수 있는 실질적인 기술을 습득함이 우선이라 생각되는데, 사실 우리 아이들의 현장실습은 그것과는 아무런 관계도 없는 허드렛일로 시간을 때우고, 산업현장의 부족한 노동력을 실습이라는 구실로 노동착취를 당하고 있다는 생각이 듭니다.

실제로 우리 학교에서 재작년에 학생들을 파견하였던 세원테크의 노동조합에서 학교에 항의한 적이 있었습니다.(노조위원장이 분신자살이라는 극단적인 방법으로 노동탄압에 항의했던 바로 그 세원테크입니다.) 노동조합의 파업 현장에 실습생들을 구사대로 내몰아 노동조합의 출근투쟁에 맞서 욕설을 하고 돌을 던지게 하는 일들을 회사 측에서 아이들에게 강요했다는 것입니다. 그래서 세원테크 현장 실습생 중, 제가 2학년 때 담임을 했던 아이와 직접 전화통화를 해서 그 사실을 확인하였습니다. 물론 회사 측의 노무 관리자하고도 통화를 했지만, 그 두 사람의 이야기는 달랐습니다. 담당 반장이 그 자리에 나가도록 재촉했다는 것이 그 아이의 이야기였습니다. 참으로 분노하였습니다. 아이들을 산업현장에서 저임금으로 부려먹는 것도 모자라 그런 자리에까지 나서게 하다니 말입니다. 물론 교장선생님에게 항의하고 아이들의 파견을 중지할 것을 요구하기는 하였지만 말입니다.

이렇듯 우리 공업계 아이들은 자기들의 바람과는 다른 현실의 벽을 만나고 있습니다. 아주 어렵게 살아가는 아이들의 소박한 꿈마저도 어른들의 잇속에 놀아나고 있는데 선생인 제 마음이 편할 리가 없지요. 사실 말이 좋아 현장실습이지 동남아 출신 저임금 노동자의 대체인력으로 그 아이들을 이용하고 있다는 생각이 많이 듭니다. 현장실습이라는 이름의 이런 노동착취는 당연히 사라져야 한다고 생각합니다.

우리 학교(물론 다른 실업계 학교도 마찬가지지만) 학생들은 중학교에서부터 공부 못한다는 이유만으로 주눅 든 아이들이 많습니다. 이런 아이들을 우리 사회는 어떻게 하든 이용을 하고, 그러다 보니 어린 아이들은 당할 수밖에 없는 것이 현실이라고 봅니다.

아무튼 그런저런 어려운 과정을 거쳐서 졸업하게 되는 3학년들의 졸업식이 내일입니다. 희망이 가득한 세상으로 아이들을 보낸다면 몹시도 축하할 일이지만 너무나 어두운 현실로 아이들을 내모는 것 같아 답답해집니다. 하지만 그 아이들이 새로운 세상을 일구어가고, 우리들이 가르쳤던 신념과 정의로움으로 더욱 단단히 살아갈 것을 믿습니다.

부디 아이들아! 자신을 바로 세우는 어른으로 자라길 간절히 빈다.

| **최기식** 포항 흥해공고 교사, 2004년 4월 |

고작 2,100원짜리 인생이 아니다

벌써 새벽 한 시가 넘었다. 사실 집에 들어오자마자 잠자리에 들어도 지각하기는 마찬가지다. 나처럼 아침잠이 많은 사람도 드물 거라고 혀를 차는 담임선생님의 얼굴이 눈에 선하다. 하지만 그건 정말 모르는 소리다. 내 생활이 언제부터 이렇게 변했는지……. 아마도 아르바이트를 시작하면서부터일 것이다.

2학년 겨울방학 때 벌써 대학 진학을 포기한 나는 다른 친구들이 도시락 싸갖고 다니며 독서실에서 공부할 때 아르바이트를 했다. 내가 할 수 있는 건 고작 시급 1,900원짜리 편의점밖에는 없었다.

롯데리아니 맥도날드니 여러 군데를 돌아다녀 보았지만 자리가 없어서 하질 못했다. 방학 때라 아르바이트를 하는 애들이 많았던 것 같다. 어쩔 수 없이 나는 역전에 있는 편의점에서 주로 낮 시간에 일을 했다. 보기와는 달리 무척 힘들었다.

겉보기에는 손님이 물건을 가져오면 물건 바코드만 찍어서 계산하고 청소 정도만 하면 될 줄 알았는데 이건 완전히 막노동(?) 수준이었던 것이다. 1.5리터 음료수 20병이 든 박스를 번쩍번쩍 들어 날라야 했고, 추운 겨울에 따뜻한 물도 안 나오는 뒤켠 수도꼭지에서 컵라면 쓰레기통을 깨끗이 씻어놓고 퇴근을 해야 했고, 담배를 사려는 미성년자랑 실랑이하면서 받는 스트레스는 정말 안 해본 사람들은 모를 것이다. 가끔 밤에 일하는 오빠가 일이 생겨 나오지 못할 경우에는 아침 7시에 출근해 그 다음 날 지점장님이 나오실 때까지 일해야 했다. 그리고 다시 내 시간이 돌아왔고. 교대하는 오빠와 지점장님과 친하게 되자 힘들다고 아무리 얘길 해도 웃으며 어깨를 토닥이는 정도로만 마무리가 되었다.

개학을 하고 나서도 아르바이트를 해달라는 지점장님의 부탁을 몇 번이고 거절했지만, 더 몇 번이고 간절히 부탁하시는 바람에 수업이 끝나고 6시부터 밤 1시까지 시간당 200원씩 더 받으며 계속 일하고 있다.

얼마 전 《아침형 인간》이란 책을 읽고 나서 매우 화가 난 적이 있다. 그 책은 완벽하게 나를 무시하고 있었던 것이다. 책을 읽고 이렇게 화난 게 처음이어서, '내가 왜 화를 내지?' 하는 생각까지 미치자, 원인을 발견한 것이다. 바로 아르바이트!

어차피 이렇게 늦게 자서 지각을 해도 대학은 안 가니까 생활기록부는 신경 안 쓴다. 잠은 수업시간에 자면 되는 거고. 대충 고등학교 졸업장만 타면 될 거라고 생각했는데, 내 안에 꿈틀꿈틀 움직이는 무언가가 느껴졌다.

내 꿈은 무엇이던가. 아빠가 실직하기 전, 큰 뜻을 품고 인문계 고등학교로 진학해 반장도 하면서 공부도 꽤 잘하는 선생님들의 '예쁜 아이'였는데 1년 사이 이렇게 의식이 흐려진 날 발견한 것이다.

고작 2,100원짜리 인생이 아니다. 검색창에 '10대 아르바이트'를 쳤더니 정말 많은 것들이 쏟아져나왔다. 이 자료들을 프린트해 사표 대신 던져놓고 나올 것이다.

| **은방울꽃** 고등학교 3학년, 2004년 6월 |

나도
결혼하고 싶다

안녕하세요. 저는 한강 이남에서 최고 병원이라고 모두 말하는 경북대병원에서 근무하고 있는 계약직 간호사입니다. 간호사라고 하면 좋은 줄로만 아시는 분들이 많을 겁니다. '백의의 천사', 얼마나 듣기 좋은가요? 하얀 가운을 입고 환자들에게 늘 웃으면서 다니는……. 정말 드라마나 교과서에 나오는 그런 장면처럼.

2000년 11월, 경북대병원 간호사 ○○명 채용 공고가 났고, 저는 당당히 시험에 합격을 하였고 발령을 기다리고 있었습니다.

2001년 3월 15일

띠리리.

"여보세요."

"네, 경북대병원입니다. 윤정향 간호사 있나요?"

"네, 전데요."

"3월 17일부터 근무할 수 있나요?"

"벌써 입사를 하나요? 네, 물론이죠. 그때 가서 뵙겠습니다."

2001년 3월 17일

부푼 마음으로 병원으로 출근하였습니다. 하지만 병원 관리자 분이 하시던 말이 저는 아직도 잊히지 않습니다.

"윤정향 간호사는 ○○병동에 두 달 동안 임시 대체직으로 발령날 겁니다."

저는 '임시 대체직'이라는 말이 저의 인생을 바꾸는 그렇게 무서운 말인 줄 몰랐습니다. 당당히 시험을 쳐서 입사를 했으니까요. 하지만 두 달이 지나서야 그 말뜻을 알게 되었습니다. 다른 사람의 대체 인생이라는 것을.

그렇게 시간이 흘러 1년 6개월이 지난 뒤 다시 병원에서는 저에게 다른 이름을 주었습니다. '1년마다 재계약을 해야 하는 계약직 간호사 윤정향'.

1년이 지나고 2년이 지나고, 그때는 정말 견딜 수 있었습니다. 왜냐하면 저에게는 직장이 있고 정규직이 될 수 있다는 희망이 있었으니까요. 하지만 병원에서 저의 위치는 4년이 되도록 늘 계약직일 수밖에 없었습니다. 앞으로 10년이 걸릴지 20년이 걸릴지, 정규직이 되는 것은 하늘의 꿈이 되었습니다.

해마다 병원에서는 비정규직의 정규직화를 외치며 파업을 해왔습니다. 하지만 그때마다 병원장님 하시던 말씀, "우리는 국립대 병원이라서 정부 눈치를 봐야 한다. 교육인적자원부에서 정규직 티오를 안 주기 때문에 우리도 어쩔 수 없다. 조금만 참아봐라, 시간이 지나면 정규직이 안 되겠나."

그리고 시민들은 이렇게 말하였습니다. "어떻게 병원에서 일하는 사람들이 환자들을 팽개치고 파업을 할 수가 있노. 월급 또 올리려고 파업하나? 요즘 세상이 어떤 세상인데, 취업하는 게 어디고."

저희는 월급 얼마 더 올리려고 파업을 하는 것이 아닙니다. 사람의 생명을 다루는 의료인이기 때문에 파업을 할 수밖에 없었습니다. 뉴스에서 많이 들어보셨을 겁니다. "보건의료노조의 산별총파업-비정규직 철폐, 의료의 공공성 강화, 온전한 주5일제 쟁취."

하지만 6월 23일 산별총파업이 마무리될 때 저희는 대성통

곡을 하였습니다. 우리가 이렇게까지 파업을 하였는데 결과가 이것이 무엇인가 하고. 빨간 수건을 흔들며 목이 터질 것처럼 비정규직 철폐를 외쳤습니다. 하지만 그 함성은 지금도 계속되고 있습니다.

2004년 6월 10일

보건의료노조 산별총파업으로 1만 명이 서울로 모였습니다.

2004년 6월 15일

띠리리.

"여보세요."

"향아, 엄마다. 점심은 먹었나? 많이 힘들제. 근데 니 서울에 있을 때 뚜쟁이 아줌마한테서 전화 왔더라. 니 선보라고."

"뭐? 진짜? 웬일로……. 나의 미모를 이제 알아보는가 보지?"

"……."

"어떤 사람이라던데? 자세하게 물어보지."

"근데 그 아줌마가 니보고 정식이냐고 묻더라. 그래서 그냥 전화 끊었다. 전화 끊고 나니깐 괜히 울화통이 터지데. 니가 정식 안 되고 싶어서 안 되는 거가?"

"그래도 얘기해주지 왜……. 이번에 파업 끝나면 정식 된다고. 그때 연락하면 안 되나?"

2004년 6월 28일

국립대 병원은 파업을 계속할 수밖에 없었습니다. 병원에서는 기존의 비정규직에 대한 문제도 해결하지 않은 상태면서, 다시 주5일제의 시행에 따른 인력 충원을 또다시 비정규직으로 충원하려 하였으며, 늘어난 휴일의 수만큼 인력 충원도 하려 하지 않았습니다.

저는 1년짜리 계약직입니다. 연말이 되어 재계약서가 날아오지 않거나 늦게 날아오면 너무 불안해서 일을 제대로 하지 못합니다. 내가 뭘 잘못했지? 윗사람들한테 잘못 보인 게 있나? 하고. 불안한 마음으로 환자를 간호한다고 생각해보세요. 전 너무나도 끔찍합니다. 만약 의료사고라도 생긴다면 누구의 책임인가요? 그건 바로 근본대책도 세우지 않고 비정규직을 양산하는 정부이며 국립대 병원장입니다.

한 가정에서 아이가 아플 때 부모님이 고용불안에 시달리는 계약직이라면 자녀를 위해서 최선을 다해 간호할 수 있을까요? 저도 병원에서 환자를 간호해야 합니다. 정규직과 똑같이 일을 합니다. 계약직이기 때문에 주사약을 세 개를 주어야 하는데 두 개를 주는 것이 아닙니다. 중환자가 있거나 응급환자가 있을 때 계약직이기 때문에 환자를 덜 간호한다거나 버려두지 않습니다. 어떻게 사람의 생명을 다루는 병원에서 비정규직이 있을 수가 있나요?

누가 비정규직을 만들었나요? 언제부터 우리나라에 비정규직이라는 말이 생겼나요? 자본가들이 자신들의 이익을 위해 만든 것입니다. 비정규직은 돈벌이용 기계가 아닙니다. 사람입니다. 저도 드라마에 나오는 간호사들처럼 늘 웃으면서 일하고 싶습니다.

2004년 7월

저의 직원 명찰에는 아직도 '계약직 간호사 윤정향'이라고 적혀있습니다.

| **윤정향** 경북대병원 노동자, 2004년 8월 |

형제 이야기

나는 형제가 넷이다. 명절에나 한 번씩 만나는 사이. 가끔은 곁에 있는 사람들보다 더 멀게 느껴진다. 한때 가족을 지긋지긋하게 여겼던 적이 있다. 스무 살 적인가는 혼자 동사무소를 찾아가기도 했다. 호적을 파버리겠다고. 독립 호주가 꿈이었다. 지나간 과거는 모두 모멸에 찬 것들이었다. 노름에 빠져든 아비의 눈은 늘 충혈되어 있었다. 사흘에 한 번씩은 부서지던 그릇들, 차마 입에 담기 힘든 욕설들, 어머니의 눈은 종종 시퍼렇게 멍이 들었다. 밤새 이어지던 그 곡소리를 피해 담 밖으로 나가면 동네 사람들이 쯧쯧거렸다. 날이 밝아 햇볕을 쬐도 상처는 아물지 않았다.

새벽부터 이어지던 일들, 그 악다구니 같은 삶. 아부지에게 배울 수 있는 거라곤 가난한 시골 장터 장사치의 세 치 혀 처세술과 세상에 대한 굴종밖에 없었다. 지워버리고 싶은 과거. 방법만 있다면 처음으로 돌아가 다시 태어나고 싶었다. 무엇보다 마음에 습기와 구김살을 참을 수 없었다.

언젠가 엄니가 집을 나갔다. 엄니가 없다는 것보다 더 이상 싸움이 없는 고요가 찾아왔다는 것이 너무도 행복했다. 차라리 그 억척스러운 엄니가 돌아오지 않는다면 하고 바라보기도 했던가. 그러잖아도 노름쟁이 새끼들이라고 친척들에게조차 눈총 받는 게 참을 수 없는 모욕이었는데, 어느 명절, 양념딸이라는 다섯 살짜리 막내가 아부지의 패를 보다가 아부지 똥쌈봉 들었다고 천연덕스럽게 말했다. 갑자기 싸늘해지던 친척 어른들의 눈빛. 우리는 아무 잘못도 없이 죄인이라도 된 양 식은땀을 흘려야 했다. 30년이 다 되어가는 지금도 잊히지 않는 영상들.

대부분 민초들 삶이 그러했듯, 우리 사형제도 여러 삶의 굴절들을 겪어야 했다. 가진 것 없고 배운 것 없는 어른이 되면서는 더 심해졌다. 구부러진 못처럼 꼬이고, 깨진 유리조각처럼 날선 우리 가족들의 모임은 늘 고성과 핏대와 오기와 깽판으로 끝나기 일쑤였다. 엄니도 아부지도 자식들에게 권위가 없었기에 우리 여섯 식구는 위아래 없이 모두가 적이 되어 싸우기도 했다.

그나마 세월이 가면서 차츰차츰 안정이 되어갔다. 서로의 상처를 건드리지 않기. 그나마 서로가 서로를 도울 수 있는 관계는 가족뿐이므로 서로서로 연대하기. 제발 과거로 되돌아가지 않기. 서로 말은 하지 않았지만 그런 연대감들도 생겼다. 특히 형제들 간에 우애가 조금씩 돋아났다. 세월에 치이고, 세상에 치이며 그래도 동기 간 귀한 줄을 알게 된 탓일 게다. 이 험악한 세상에 서로를 지켜줄 관계는 그리 많지 않은 탓일 게다. 동지도 벗도 나중엔 아무것도 챙겨줄 수 없음을 경험하기도 하지 않는가.

남자 삼형제는 일찍부터 노동 현장 판으로 뛰어들었다. 용접 조공으로, 배관 조공으로 새벽밥을 먹고 잔업 철야를 밥 먹듯이 했다. 서산으로, 제주도로, 서울로, 당진으로, 거제로 일거리를 쫓아다녀야 했다. 다행히 나만 빼고 형과 동생은 우연한 기회에 고향인 순천 인근에서는 대우가 좋은 공장이라는 LG정유에 들어가게 되었다. 기능공으로 조금은 안정된 생활을 하게 된 것이 한 6~7년쯤 된 듯하다. 그러고 나서야 형과 동생은 결혼도 할 수 있었다. 형은 서른다섯에, 그리고 동생은 서른넷이 다 되어서야 간신히 가정을 꾸렸다. 400만 농민이 뿌리를 잃어가고, 800만 비정규직과 100만 청년실업자가 양산되는 이 신자유주의 시대에 안정된 직장이 있다는 것은 무척이나 행복한 일이었다. 나는 한 번도 챙겨보지 못한 효도도 형과 동생이 도맡아 해주었다. 그새 어머니는 백내장 수술과 고혈압 치료, 퇴행성 관절염과 빠진 이 치료까지 형과 동생 덕분에 받아볼 수 있었다. 없어본 사람들은 안다. 그만큼 치료라도 받아볼 수 있다는 것이 주는 행복이 고생고생해서 생긴 그 여러 지병들의 고통보다 크다는 것을. 평생 고생으로 생긴 병들에 대한 원망보다 치료를 받을 수 있다는 행복에 어머니가 겨워하는 것을 볼 때마다 마음이 짠했다.

사람 마음은 이렇듯 간사한가 보다. 내가 서울에서 벗들과 후배들에게 했던 많은 이야기들을 나는 고향 형제들에게 하지 못했다. 피했다. 그냥 건실한 직장인들로 살아가기를, 제발 집이라도 한 채 장만한 '근로자'로 살아가기를, 제발 노동자를 배우지 말기를 바랐는지도 모른다. 하지만 언제부터인가 형과 동생도 조금씩 변해가는 것을 느꼈다. 어용 현장에 민주노조가 서면서부터였다. 어용투성이던 여천(여수) 석유화학단지에 민주노조의 바람이 불면서부터였다. 간간이 노조 이야기를 하던 형제들이 언젠가는 서로 한 사람만 대의원하자고 싸우고 있었다. 너무 나서지 말라고, 가정을 생각하라고 동생은 형을 나무랐고, 내게 지원사격을 요청하기도 했다. 난 다만 충분히 알고 했으면 좋겠다라고만 했다. 자기 생각을 가질 수 있도록 학습하기만을 권했다. 하지만 동생도 천천히 변해가고 있었다.

어느 여름, 운동에 지치고, 그 동지라는 것에 지치고, 삶이라는 것에 지쳐 무작정 귀향했을 때, 동생은 오히려 나보다 의젓해져 있었다. 동생의 차에서는 노동가요가 아무렇지도 않게 흘러나오고 있었다.

그 형제들이 얼마 전 서울 명동에서 모였다. 형과 동생은 남한 역사상 처음이라는 정유공장 파업을 일으키고, 공권력 투입을 피해 서울로 올라온 도망자들이었다. 형은 쟁의부장으로 영장이 떨어졌고, 동생은 가장 중요한 생산공정이어서 이동할 때는 무려 네 대의 미행 차량이 붙더라는 방향족팀의 파업을 이끄는 핵심 현장 대의원이었다. 노숙을 마친 경희대에서 배낭 하나씩을 곁에 둔 800여 명의 시커먼 사내들 앞에서 "투쟁" 하며 손을 치켜드는 형을 보며, 빨리 돌아가 보라고 말을 아끼는 동생을 보며 울컥하는 게 목에 올라왔다. 왠지 서러웠다고 할까, 감격스러웠다고 할까. 머리띠를 두르고 종묘 집회에 선 형제들, 침탈을 피해 명동성당으로 들어간 형과 함께 앉은 삼형제. 결국 우리의 지난 삶은 속일 수 없는 것이라는 생각이 들었다. 노동자들은 누가 가르치지 않아도 스스로 해방을 위해 싸우지 않으면 안 된다는 것을 깨우친다. 스스로 나아가지 않으면 누구도 대신 나아가주지 않는다는 것을 삶으로, 몸으로, 아픔으로 깨닫는다.

4천 도짜리 용접 불똥이 살을 김밥처럼 말아갈 때, 악을 질러보고 어디엔지 모를 원한에 찬 비명을 질러본 사람들은 안다. 검게 탄 얼굴이 부끄러워 발바닥을 문지르는 숫돌로 얼굴을 밀고 그 위에 덕지덕지 크림을 발라본 사람들은 안다. 손톱 밑 때가 부끄러워 악수를 하면서 얼굴이 홍당무가 돼보고, 버스 전철 손잡이를 잡지 못한 채 손을 웅크려본 사람들은 안다. 그 쓰라린 소외의 자리들을.

어차피 잘되었다는 생각을 했다. 고난은 있겠지만 마음에 안식은 오지 않겠는가. 지금 나처럼 또 다른 외로움과 번뇌에 시달릴지언정 그것은 더 이상 비주체적인 삶은 아닐 거지 않겠는가.

아마도 형은 LG정유의 파업이 어떻게 마무리되든 구속을 피할 수 없을 듯하다. 발전노조, 철도의 경험에 따르면 핵심 대의원인 동생도 해고될 수 있을 듯하다. 정유공장은 한 번 가동을 멈추면 하루에도 수십 억의 손실이 생기고, 재가동도 쉽지 않은 곳이라고 한다. LG는 이렇게 발생한 수백 억, 수천 억의 손실을 대신해 이 기회에 민주노조의 모든 싹을 없애려 할 것이다. 이미 직권중재안이 떨어졌고 파업은 불법이 되어 있다. 회사는 29일까지 복귀하지 않는 조합원들은 전원 해고시키겠다고 하고, 새 직원들을 채용하겠다고 한다. 그래도 형과 동생은 아무런 흔들림이 없다. 잘 지내니 걱정하지 말라고 한다.

부디 형과 동생의 내일에 이 삶과 사회를 사랑하는 따뜻한 마음이 가득 넘쳐나기만을 기도해본다.

— 이 글을 쓴 얼마 뒤 LG정유 노조는 힘겨운 상황 속에서 조건 없는 현장 복귀를 선언했다. 피해다니던 형은 강원도 속초에서 붙잡혀 구속이 되었고, 손배가압류가 떨어졌다. 동생 역시 현장 복귀를 하지 못한 채 얼마 전 경찰의 출두명령서가 왔지만 거부하고 있다고 한다. 두 사람은 결코 지지 않을 것이다. —

| **송경동** 시인, '삶이 보이는 창' 편집인, 2004년 10월 |

글모음
셋

우린 끝까지 간다

사장도
사장 나름이지요

아주레미콘은 88년 노동쟁의가 일어나 50일간 회사와 노조가 다툼이 있은 뒤에 노조를 와해시키기 위해 기사들에게 레미콘 차를 불하했습니다.

레미콘 기사들은 현재 레미콘 차량을 3년에서 8년 동안 매달 일정액을 갚는 조건으로 불하받아 월급 대신 한 번씩 일을 갔다 오면 얼마씩 받는 도급제로 일을 하고 있습니다. 당시 기사들은 회사와의 계약조건이 매우 불리했지만 물량이 많아서 회사 차를 모는 것보다 불하 차를 운행하는 것이 훨씬 수입이 나았기 때문에 불만이 있더라도 참고 열심히 일을 해왔습니다.

기사들이 회사와 맺은 계약서는 모든 게 회사 쪽에 유리하게 되어 있는 일종의 노비문서입니다. 계약서에는 기사들이 회사가 허용하지 않는 단체구성, 집단행위, 노동쟁의와 유사한 불법쟁의, 경영질서 파괴행위, 레미콘 도급 업무지시 거부 등의 행위를 할 경우 회사가 중도에 계약을 해지할 수 있으며, 1천만 원을 위약금으로 내야 한다는 내용이 있습니다. 그래서 기사들에게 1천만 원에 대해 보증보험을 들게 했습니다. 그러나 회사가 경영상의 이유로 중도에 계약을 해지해 기사들이 피해를 입었을 경우에는 손해배상을 받을 수 없게 되어 있습니다. 다른 레미콘 회사에는 이런 손해배상 규정이 없습니다.

계약은 차량계약과 도급계약으로 나누어져 있는데, 차량계약은 차량비를 다 낼 때까지 3년에서 8년까지고, 도급계약은 1년마다 새로 갱신해야 합니다.

계약기간이 서로 달라 회사가 일방적으로 중도에 계약을 해지하거나 재계약을 안 하면, 도급계약은 1년이고 차량계약은 보통 3년에서 8년 정도 되기 때문에 기사들이 차량비를 낼 수 없게 되면 차를 뺏기게 되는 경우도 있습니다.

게다가 차량을 구입할 때 94년도 이전에는 부가가치세를 포함해 차량 비용으로 2천 200만 원을 몇 년에 나누어서 갚으면 되었는데, 지금은 차 값을 갚는 동안의 이자까지 포함해 2천 200만 원짜리 차를 3천 500만 원에 사야 합니다.

860만 원만 갚으면 차량 비용을 다 지불할 수 있었던 어떤 기사는 사정이 있어서 회사를 그만두어야 했는데 나머지 돈을 일시불로 못 내 예전에 불입했던 돈도 못 받고 차만 두고 나갔습니다. 회사는 그 차를 다른 기사한테 팔았는데 당시 차량 가격 1천 300만 원에다 이자까지 포함해서 2천 160만 원에 되팔았습니다.

회사와 맺은 계약이 우리들한테는 이러지도 저러지도 못하는 족쇄가 되어왔습니다. 우리는 계약을 중도에 해지당할까 봐 차량 비용을 다 불입할 때까지는 일만 열심히 할 수밖에 없는 실정이었습니다.

그런데 IMF 이후 도급료가 계속 동결되고 기름 값이 인상되면서 먹고살기가 너무 힘들어졌습니다. 97년에 리터당 기름 값이 374원 할 때 저희가 회사로부터 받은 운행비가 98년 기름 값이 리터당 755원으로 올랐는데도 똑같이 적용되고 있습니다. 현재는 리터당 635원입니다. 기름 값으로 나가는 비용이 너무 많고 타이어니 윤활유 값도 많이 올라 회사도 같이 고통을 분담하자고 도급료를 올려달라고 했습니다. 우리는 지금 하루 다섯 탕을 뛰는데 한 탕당 평균해서 2만 4천 원을 받습니다. 다른 회사는 3만 원 정도 됩니다. 그런데 지금은 하루에 다섯 탕도 하기 힘듭니다.

우리가 받는 도급료가 다른 회사보다 약 20~30퍼센트가 작은데도 회사에서는 못 올려준다고 했습니다. 그리곤 회사에서는 도급료 인상을 주동한 사람들에 대해 재계약을 안 받아주거나 중도에 계약해지를 하는 방법으로 보복을 했습니다. 현재 계약해지 당한 사람들 중 보증보험회사에서 1천만 원에 대한 청구가 3명에게 들어왔고 기사들 상조회 회장에게는 손해배상을 청구한다고 2천만 원에 대해 집을 가압류해놓았습니다.

작년에 아주레미콘은 매출이 998위였지만 순이익이 전체 기업 중 246위를 한 알짜기업입니다. 그런데 우리의 정당한 요구를 묵살하고 계약서를 빌미로 부당하게 보복할 뿐입니다.

우리처럼 차를 불하받은 사람들은 노동자도 아니고 형식적인 개인사업자이기 때문에 노조도 만들 수 없고, 회사와 맺은 불공정한 계약 때문에 아무 말도 못하고 세 빠지게 일만 할 도리밖에 없는 겁니까?

주변 사람들은 우리에게 이야기합니다. 뭣 하러 불합리한 계약을 하느냐, 차라리 하지 않았으면 이런 일도 안 당하지 않느냐고요. 하지만 약자니까 할 수가 없는 겁니다. 뻔히 알면서도 당하는 겁니다. 예전에는 사람들이 부당하다는 것을 알면서 그냥 넘어갔지만 우리는 더 이상 참을 수 없었습니다.

결국 없는 사람이 당할 수밖에 없다고 생각했습니다. 저희 기사들은 참여연대에 모두 가입해있습니다. 우리가 계약서에 대해 이의제기를 하면 분명히 계약을 해지당하고 불이익을 당할 거라고 생각했기 때문에 선택한 불가피한 방법이었습니다. 회사가 명백하게 불공정한 거래행위를 저질렀기 때문입니다.

우리는 실제는 노동자지만 형식적으로는 사장이라 사회적으로 도움을 받을 수 있는 단체도 없지만 권리를 지키기 위해 최선을 다할 겁니다.

| **김대희** 남궁건옥, 2000년 1월 |

일 년짜리 소모품

1978년 개관한 세종문화회관은 작년까지 20년이 넘게 서울시 산하단체로 운영되어 왔어요. 그동안 회관을 거쳐 간 관장만 해도 21명이나 되구요. 어느 분야에서나 마찬가지지만 문화예술은 특히나 장기적인 내용을 가지고 일관되게 사업을 해나가야 하는 분야라고 생각해요.

서울시 산하단체라는 점과 바뀐 관장 수에서 보듯 세종문화회관이 순수예술 문화공연의 장으로 자리를 잡기란 사실 불가능했어요. 투자부터 운영에까지 무엇 하나 제대로 된 것이 없는 회관은 99년 7월 재단법인을 설립하게 됩니다.

예술단원들은 재단이 만들어지면서 많은 기대를 했죠. 그동안 일방적으로 진행되던 정부 주도 행사 참여에서 벗어나고 공연 전반에 대한 결정에 주체적으로 참여할 수 있다는 것에 무엇보다 기대와 희망을 가졌습니다. 그런 기대는 잠시였고 꿈이었어요. 회관 쪽은 '예술단원의 소수정예화'와 '합리적 경영'이라는 명분으로 일방적인 구조조정과 그 방법으로 오디션을 실시한다고 밝혔습니다. 게다가 대관료를 올리고 공연도 수익 위주의 공연으로만 채워졌습니다. 이건 아니다 싶었죠. 순수예술 분야에 수익을 최우선으로 하는 잣대는 분명 잘못된 거라고 우리들은 판단했습니다. 이런 과정 속에서 저희는 99년 9월에 노동조합을 만들게 되었습니다.

처음에는 모든 단체(국악관현악단, 뮤지컬, 무용단, 합창단, 교향악단, 극단) 예술인들 100퍼센트에 가까운 지지를 보였으나 1차, 2차 오디션에서 많은 조합원들은 회관 쪽의 협박을 견디지 못하고 조합을 떠났고, 휴가 중인 예술단원들에게 1년 계약직 단원계약서를 쓰게 해 이 과정에서 많은 조합 탈퇴자들이 나왔습니다.

작년 12월에 실시한 오디션을 통해 기량 미달로 8명을 해고시켰어요. 절차와 과정이 제대로 되었다면 모르나 전혀 그렇지 못하다는 것은 해고자들을 보면 쉽게 알 수 있어요. 교향악단 해고자 진영규(제2바이올린수석), 전용수(비올라수석), 이정근(첼로수석), 이민용(제1바이올린수석), 무용단의 한상근(지도단원), 이중덕, 박주희, 이인아, 이들 모두는 노동조합 간부

일을 하고 있다는 사실입니다. 또 한 가지 기량 미달이라는 말이 씨도 안 먹히는 소리인 것이 기간은 다르지만 10년에서 길게는 20년 동안 수석 활동을 해온 검증된 사람들이에요.

교향악단 오디션은 가관이었어요. 개인별 심사도 아니고 100명의 연주자가 함께 교향시 '돈환'이라는 곡을 연주했는데 그 가운데 4명만을 골라서 기량 미달자로 지목한 것만 보더라도 회관의 뻔한 의도를 알 수 있는 거 아닙니까? 회관 측이 억지주장이라고 우길까 봐 그 과정을 비디오로 다 촬영까지 해놨습니다.

우리들은 노동조합의 정당한 활동에 대한 탄압이라고 보고 해고자의 원직복직과 단원들을 1년짜리 소모품으로 전락시키는 계약의 무효를 요구하면서 1월 25일부터 철야농성에 들어갔고 지난 3월 15일에는 시한부 파업에 들어가기도 했습니다.

어려서부터 예술적인 기량 연마를 우선으로 교육 받아와서인지 몰라도 무척이나 소극적이고 개인적이고 때로는 이기적인 것이 우리들의 모습이기도 해요. 그래서 처음에는 노동자라는 말이 어색하기만 했어요. 지금은 전혀 어색하지 않죠. 매주 토요일이면 세종문화회관 계단에서 '순수예술공연문화의 죽음'이라는 주제로 여덟 차례 공연집회가 우리를 변하게 만들었고 다른 지역 투쟁사업장과 연대하면서 보고 듣고 느끼게 되었던 거죠.

진정한 예술과 문화는 이 시대를 살아가는 서민들의 아픔과 슬픔, 기쁨, 희망 들을 표현해야 한다고 생각합니다. 그 의지가 표현되는 것이 매주 토요일 1시 세종문화회관 노동조합 조합원들의 공연집회입니다. 지금은 집회에서 예술인들의 현실과 아픔을 넘어 바이올린, 북소리, 꽹과리, 춤 그리고 노동조합의 깃발로 희망을 표현하고 있습니다.

세종문화회관이 거듭날 수 있으려면 회관은 기획과 마케팅에 대한 책임을 지고 예술단원들은 공연에 대한 책임을 지는 구조가 만들어져야 합니다. 그런 논의 속에서 합의되었던 공연발전위원회라는 기구는 회관 쪽의 성의 없는 태도로 내용도 실체도 없는 껍데기로만 남아있습니다. 회관은 노동조합의 깃발을 내리라고만 하고 있을 뿐 우리들의 요구에 그 어떠한 대답도 없습니다.

노동자로 선언하고 노동조합을 지켜내는 일이 결코 쉬운 일은 아니겠지요.

세종문화회관 예술단원들은 이번 싸움을 통해서 시키면 시키는 대로 묵묵히 따라야만 했던 지난날들을 떠올렸을 겁니다. 여전히 불신의 벽이 존재하는 가운데 오늘도 우리는 힘든 싸움의 시간들을 채워가고 있습니다. 무엇이 옳고 그른지는 단원 모두가 알고 있을 거라고 봐요. 차이가 있다면 남아서 싸우고 있는 사람과 회관의 강요와 위협에 어쩔수 없이 노동조합을 떠나갔다는 것밖에…….

처음 노동조합을 만들었을 때 보였던 단원들의 모습. 모든 단원들이 다시 모여 사랑받는 세종문화회관을 우리들이 만들어갈 날을 그려보며 "오늘도 투쟁!"입니다.

| **조영화** 세종문화회관 합창단 단원, 2000년 4월 |

우린 사장이 아니에요

"한마디로 생활설계사들의 생활은 마감으로 시작해서 마감으로 끝납니다. 마감에 쫓기고 있는데 어디서 계약을 해준다고 전화라도 오면 물불을 안 가리고 달려갑니다. 상대방이 칼을 든 강도라 하더라도……. 그게 마감의 심정입니다."

매주 화요일과 금요일의 되풀이되는 실적에 대한 부담에 매주 수요일 증원의 날. 설계사들은 항상 마감과 증원이라는 긴장 속에서 생활할 수밖에 없다. 게다가 팀별 영업소별 실적 경쟁은 설계사들의 경쟁으로 이어지고 퇴근 뒤에도 모든 생활이 보험영업 일로 채워진다. 누가 뭐라 하지 않아도 장시간 노동을 할 수 밖에 없는 것이 보험모집인들의 처지다. 그리고 그들은 노동자가 아니다. 보험사로부터 보험계약 업무를 위임받아 실적에 따라 수당을 받는 개인사업자로 되어 있기 때문이다.

지난 10월 5일 노조 설립신고를 내고도 관할관청에서 노조 설립 필증을 내주지 않아 애를 태우고 있는 전국보험모집인 노조 이순녀 위원장은 "출근, 귀소(영업소로 돌아오는 것), 일일활동기록부 작성, 생활설계사 후보 발굴-배양카드 작성 따위의 일은 기본입니다. 전국 30만 설계사의 90퍼센트가 여성인 주부 설계사들이다 보니 집안일이다 뭐다 해서 사정이 생겨 결근하면 불이익을 받을 수밖에 없습니다. 모든 업무를 하나에서 열까지 통제당하는 우리가 무슨 개인사업자입니까? 실적이 아무리 좋아도 새로운 설계사 증원을 하지 못하면 승급이 되지 않습니다. 이래도 우리가 개인사업자입니까?" 하고 되묻는다.

한 보험사는 '증원 특공대'라는 팀까지 만들어 운영하고 있다고 한다. 살림에 보탬이 되려고 부업거리를 찾는 주부들은 거의 틀림없이 증원의 대상이 된다. 실제로 설계사들은 실적보다 증원에 대한 업무가 더 스트레스라고 한다. 그렇게 힘들면 그만두면 되지 않냐는 얘기가 나올 수도 있지만 그것 또한 쉽지 않은 일이다. 그동안의 고생들이 하루아침에 '도로아미타불'이 되기 때문이다.

보험사는 절대 손해볼 일 없다

보험모집 수당은 한꺼번에 나오는 것이 아니라 24개월에서 길게는 48개월까지 나누어 지급된다. 96년 6월까지는 설계사 일을 그만두더라도 남아있는 수당에서 일부가 지급되던 것이 97년 7월 이후부터는 그나마도 나오지 않게 되었다. 9년 동안 설계사 일을 해오다 보험모집인 노조 활동으로 해고를 당한 엄옥남 씨는 600만 원의 남은 수당이 있지만 지금의 상황이라면 앞으로 한 푼의 돈도 받을 수 없게 되어 있다. 계약자가 보험 가입 뒤 13개월 전에 해약하게 되면 받았던 수당은 도로 토해내야 한다. 설계사들은 2, 4, 7, 13월차마다 자기 계약자에 대한 보험료 입금을 유지해야 한다. 유지수당이 나오지 않기 때문이다. 이래저래 보험사는 속된 말로 손도 안 대고 코푸는 것이다. 보험사로서는 그럴싸한 고소득 광고나 설계사를 들볶아 증원을 통해 끊임없이 새로운 보험모집인을 충원해서 2주간 교육과 시험을 거쳐 필드로 내보내면 땡이다. 의기에 찬 신입 설계사는 2주 안에 어떻게든 몇 건의 계약은 받아오게 되어 있으니까.

"내가 보험에 대한 기초도 없고 영업에 대한 교육도 제대로 받지 않은 상태에서 상품 팸플릿 달랑 몇 장 들고 나가 달달 외운다 해도 누가 나한테 보험을 들겠습니까. 기본 실적을 채우지 못하면 땡전 한 푼 안 나오는 거지요. 실적 채워야

주는 것이 무슨 놈의 기본급입니까? 그 돈 타려고 먼저 내 이름, 집사람 앞으로 보험 들어놓고 시작하는 거죠. 그러고 난 다음은 형님이나 누나, 친한 친구, 친척 선후배, 뭐 이렇게 영업을 하게 되는 겁니다. 이렇게 유지수당 받으려고 또 대출 받아 채워놓고 하다 보면 배보다 배꼽이 더 큰 경우가 생기기도 합니다. 다 그렇진 않지만 결국에는 가족과 친구들에게 부담만 주는 천덕꾸러기 신세인 사람들도 꽤 있을 겁니다. 저도 한 3년 일했는데 나름대로 매력 있는 직업이라 생각하고 열심히 일해왔습니다. 신규 개척도 많이 했구요. 하지만 매달이 새로워지고 또 실적에 대한 부담을 안게 되는 생활을 더 이상 견디기는 힘들었습니다. 영업이 항상 잘되는 것도 아니고 어떤 달은 200만 원, 어떤 달은 100만 원, 이런 식이었기 때문에 집사람도 살림을 제대로 할 수 없죠. 월급명세서 금액이 아무리 많아봐야 뭐 합니까. 말짱 황입니다."

대한생명 법인팀에서 보험모집 일을 하다 그만둔 성재규 씨의 이야기다.

우리는 노동자다!

우리나라 보험사들은 영업소마다 월급이 높은 사람을 꼭 만들어낸다. 누구 말대로 스타를 만들어내는 것이다. 설계사들에게 고소득에 대한 끊임없는 환상을 심어줌으로써 그들의 노동과 수당을 철저하게 빼앗으며 보험사들은 성장해왔고 지금도 진행형이다. 근로기준법상 노동자로 인정받지 못한다는 것은 임금에서뿐만 아니라 국민연금, 고용보험, 의료보험, 산재보험, 모두를 적용받지 못한다는 것이다. 하루아침에 해고를 당해도 구제받을 길이 없다. 우리는 자본가를 흡혈귀에 비유하곤 한다. 설계사들의 피와 땀을 가로채 끊임없이 부를 성장시켜 온 보험업계 자산 1위의 삼성생명을 보면 20대 80의 사회가 그리 먼 곳의 이야기가 아님을 알 수 있다. 삼성생명에서 일하는 6만 명이 넘는 설계사들은 노동자이면서 노동자로 인정받지 못한 채 임직원 8천 명을 먹여 살리고 있는 것이다. 굳이 따지자면 13대 87의 사회인 것이다. 그 밖에도 여성 설계사들에 대한 직접 수금 강요와 보험료 입금 시 송금수수료 부담, 같은 업종으로 직장을 옮기지 못하게 하는 전직 동의제, 일방적인 수당체계 개선들의 문제는 설계사들에게는 몇 겹의 고통이 아닐 수 없다.

보험모집인들의 노동자 선언과 함께 그들의 권리찾기 투쟁. 쉽지만은 않은 싸움이다. 보험설계사들의 조직 확대 그리고 정규직화 싸움을 벌여나가야 한다. 말 그대로 산 넘어 산이다. 하지만 전국보험모집인 노동조합 이순녀 위원장은 앞으로의 싸움에 대한 분명한 의지를 다음과 같이 밝히고 있다.

“지난해 99년 6월부터 12월까지 6개월 동안 11만 명의 설계사가 떠나고 12만 명의 새로운 설계사들이 들어왔습니다. 그동안 우리는 회사에 돈 벌어다주는 기계에 지나지 않았습니다. 이런 악순환의 고리들을 설계사인 우리가 고쳐내지 않으면 안 됩니다. 그래서 우리는 노동자로 선언했고 잃어버린 우리들의 권리를 찾을 겁니다. 서로를 죽이는 경쟁이 아닌, 주변 사람들에게 부담스런 존재가 아닌 떳떳한 보험설계사로 일하기 위해서라도 말입니다. 그래서 노동조합은 우리의 유일한 대안입니다."

노조의 요구사항은 △보험설계사들에게 근로기준법 적용 △미지급 수당 지급, 불합리한 수당체계 개선 △전직 동의제 완전 폐지 △송금수수료 보험사 부담 △불합리한 증원강요 중단이다.

| **김치환** 작은책 기자, 2000년 11월 |

정규직 그 하나만을 바라보고…

여기 있는 사람들 거의 다 짧게는 5년 이상 길게는 10년 가까이 일한 사람들입니다.

토요일이면 정규직은 1시에 퇴근하면 그만이죠. 우리 계약직들은 고장 접수된 거 다 처리하고 퇴근해야 됩니다. 전봇대를 타다 다쳐도, 회사 내 전산망 선로 작업을 하다 칼날 같은 케이블 선에 뼈가 드러나도록 다쳐도 산재로 처리할 수 없습니다. 아니, 할 수 없다기보다 알아서 포기하는 쪽이 맞다고 보면 됩니다.

95년에 콩콩이라고 부르는 채광기로 부러진 전봇대 아랫부분을 들어내는 작업을 하다 실수로 발을 찍어 새끼발가락 한 마디가 잘렸습니다. 병원에 가서 못으로 박고 꿰매는 접

합수술을 했죠. 회사에다 산재 처리를 해줘야 되지 않느냐 하고 말했습니다. 그랬더니 과장이 어쩌고저쩌고 횡설수설하더니만 "도장 찍어줄 테니 니가 가서 치료받아라." 그러더라구요. 그때는 출근해서 도장 찍는 개수대로 돈을 받을 때였으니까요. 그리고 도장 찍은 개수가 많으면 많을수록 정규직으로 갈 수 있는 확률이 높으니까요. 더 이상 말해봤자 나한테 이로울 게 없다 싶어 알아서 치료했습니다. 한 번 갈 때마다 통원 치료비 만 원에 버스를 탈 수 없으니 왕복 택시비를 들여 그렇게 한 달을 치료하고 다녔습니다. 물론 처음 수술비도 제가 냈고요.

IMF 뒤로 월급도 85만 9천 원으로 깎였습니다. 점심을 내 돈 내고 먹는 건 넘어간다 치자고요. 저 같은 경우는 오토바이도 사가지고 들어왔습니다. 좀 지나서 오토바이를 왜 안 주냐, 기름도 왜 내 돈으로 집어넣어야 되냐 하고 물었어요. "왜 그렇게 잔말이 많냐"가 돌아오는 답입니다. 작업복까지 안 나왔어요. 정규직들이 입고 다니다 못 입겠다 하고 던지면 그걸 주워 입고 다녔습니다. 겨울에는 파카도 안 나옵니다. 추우면 우리 돈으로 사 입어야 돼요. 비 맞고 일하든가 비옷을 사 입든가.

우리 월급날이 25일입니다. 정규직들은 25일 오전에 가면 찾을 수 있는데 우리는 은행마감 30분 전에 찾을 수 있어요.

우리는 오후에 집어넣기 때문이에요. 언제인가 기억은 잘 안 나는데 한번은 은행에 돈을 찾으러 갔는데 월급이 안 나온 거예요. 그래서 "돈이 왜 안 나오냐?" 하고 물었더니 담당자가 휴가를 갔대요. 그래서 "그럼 언제 나오냐?" 했더니 며칠 있어야 나온대요. 그래서 3일이 지난 28일에 월급을 받은 적이 있습니다. 지금까지 월급명세서를 받아본 적이 없습니다. 얼마 전에 싸워서 받기로 했는데 월급명세서가 또 안 나온 거예요. 명세서 왜 안 주냐고 물어보면 필요한 사람은 개인적으로 사무실에 와서 타가라고 해요. 이게 말이나 되냐고요. 이건 완전히 니네는 내 맘대로다 이런 생각을 다 가지고 있는 거죠. 한국통신에는 조선시대 양반과 천민의 계급이 그대로 옮겨져 있습니다. 바로 정규직과 비정규직입니다.

애라도 안 아프면 괜찮은데 아빠가 돈 못 버는 거 아는지 요즘 들어서 또 아프더라구요. 진짜 막말로 씨발 나 안 하고 만다 하고 확 때려치우고 나가서 딴 일이라도 할 수 있습니다. 하지만 하도 억울하고 성질 나고 분통 터져 못 참겠습니다. 제 식구한테 그랬어요. "나 복직 안 돼도 상관없다. 한번 쌔려박고 어떤 놈이 박살나던 결정내고 그때 가서 그만두더라도 그만두겠다." 그랬어요. 식구가 가만히 있다가 알아서 하라 그러더군요. 집사람한테 그동안 조금만 참으면 된다, 좀 있으면 특채가 있을 거다, 그렇게 말하고 참아가며 일해왔는데 이제는 마지막 희망이던 정규직 꿈마저 없어졌습니다.

정규직만 되면 카드빚도 해결하고 우리 식구 행복해질 수 있다고 믿고 나이 어린 정규직이 반말하는 것도 참고 넘어갔습니다. 자기네들끼리는 서로 존칭어 써가며 인격대우 해주는 걸 눈앞에서 보고도 말입니다. 불평을 하거나 정말 화가 나 덤벼들면 바로 실장이나 국장한테 쪼르르 달려가 "저 계약직 새끼 싸가지 없어서 같이 일 못하겠다"고 일러바칩니다. 정규직 동지들이 다 그렇지는 않지만 계약직을 인격적으로 대우해주고 잘못된 것을 바꾸려고 하는 사람들이 너무 적다는 것이 문젭니다.

우리 노동조합이 합법화되고 두 달 지났습니다. 아무런 도움도 없이 싸우고 있습니다. 우리가 조합비가 있습니까 뭐가 있습니까.

지역별로 차이는 있지만 대전 전화국은 이미 우리들이 하던 일을 용역이 하고 있습니다. 우리보고 기술도 있고 경력도 있으니까 사직서 내고 일당 8만 원짜리 용역으로 가랍니다. 우리가 무슨 바보 천치입니까? 일이 계속 보장되고 고용이 보장되어 있으면 그렇게라도 할 수 있죠. 우리도 어떻게든 먹고살아야 하니까요. 그 말 믿고 용역으로 넘어가서 보름이 될지 한 달이 될지 누가 압니까? 김해 전화국에서 사직서 쓰고 일당 8만 원 믿고 갔다가 보름 만에 짤렸습니다. 한국통신에서 일을 못 땄다고요. 그때 갔던 20명 다 짤렸습니다. 대전 둔산전화국에서도 8월 말에 여덟 명이 도급으로 갔어요. 이 사람들! 지난 달(11월 말)에 짤렸어요. 부산에도 지난달 초에 150명인가 도급으로 넘어갔다는데 확실하지는 않지만 거기도 똑같이 될 날 얼마 안 남았다고 봐요.

일당이 문제가 아니라 우리는 고용안정이 중요한 겁니다. 우리가 돈 보고 일해왔습니까? 돈 보고 일할 놈이 카드빚 내서 생활비 메우는 그런 멍청한 짓을 합니까? 우리는 한국통신 보고 언젠가는 정규직이 된다는 거, 그것 하나 믿고 일해온 사람들입니다.

| 한국통신 계약직 노동자들, 2001년 1월 |

더 이상
'희생과 봉사'는 없다

회관 측의 무시와 핀잔

고등학교 1학년 때, 장애인회관에 간 적이 있는데 그곳에서 만났던 몸이 불편한 아이들을 보면서 어렴풋이 앞으로 내 장래에 대한 생각을 했던 것 같다. 사회복지시설에서 평생 삶을 걸고 살아가는 그런 꿈. 그 꿈이 대학을 갈 때 사회복지학과를 지원하게 했고, 대학에 들어가서는 제대로 장애인 봉사활동을 시작하게 되었다.

대학을 졸업한 96년, 장애인이용시설 정립회관에서 일하게 되었다. 혼자서는 집 밖으로도 나갈 수 없는 심한 장애를 가진 장애인 프로그램을 맡아 생활이 어려운 장애인들에게 작지만 도움이 되려고 노력하였다. 하지만 내 노력은 매번

한계에 부딪힐 수밖에 없었다. 회관에서 운용하는 프로그램은 중증 재가 장애를 가진 이들의 요구와 크나큰 차이가 있기 때문이었다. 예산의 한계가 늘 있지만 좀 더 나은 계획을 세워보려는 노력을 회관 측은 무시와 핀잔으로만 대했다. 한마디로 "하던 대로 해라." 좀 더 발전된 말이 있다면 "돈이 안 들어가는 선에서 프로그램을 짜면 바꿀 수 있다." 이런 식이다. 어느 정도 사명감과 자부심을 가지고 사회복지의 길로 들어선 많은 동료들이 이러한 한계에 부딪혀 직장을 그만두는 일이 많았다. 옆에서 동료들이 무시당하고 힘겨워할 때 나는 묵묵히 내 자리를 지키며 일만 했다.

우리 회사에는 10년이 넘은 노동조합이 있었지만 말 그대로 무늬만 노동조합이었다. 조합원들의 근무조건 개선 활동은 전혀 없는 잠자는 노조였다. 근무조건과 관련된 불만이나 문제는 혼자서 목소리 내다가 지쳐 그만두든가, 잠자코 있든가. 우리는 그저 장애인 복지시설의 종사자였다.

종사자에서 노동자로

2000년 초에 정립회관 노동조합이 민주노총 공공연맹에 가입하면서 상황이 바뀌기 시작했다. 형식적이지만 근로기준법이 우리를 지켜준다는 것을 알게 되었다. 2001년 5월 노동조합은 정립회관 장애인복지시설의 운영자들에게 도전장을 던졌다. 3년 동안의 연차, 월차, 시간외 근무, 휴일 근무, 생리휴가에 대한 임금 체불을 노동부에 진정을 냈다. 그러나 정립회관 운영자들은 '인사권, 경영권은 사측의 고유 권리'라고 앵무새처럼 되풀이하면서 복지부 지침에 들어있는 공무원 복무규정 가운데서 사회복지 노동자들에게 불리한 조항만 적용시켜 우리의 정당한 요구를 절대 인정할 수 없다고 배짱을 부렸다.

장애인복지시설은 근로기준법 대상 사업장인데도 정부보조금을 받는다는 이유로 일방으로 휴가 등에 불리한 공무원 복무규정을 들이댔다. 공무원으로 본다면 근무환경 및 임금이 높은 공무원의 근로조건처럼 노동시간에서부터 임금도 같이 적용을 받아야 당연하다. 그런데 가장 불리한 규정만 끄집어내 끝까지 우리에게 희생을 강요하고 있는 모습에 어처구니가 없었다. 결국 우리는 사측의 오기와 아집을 뛰어넘지 못하고 스스로 정립회관의 첫 번째 단체교섭을 마무리해야만 했다.

바로 그즈음 노동조합의 사무장이 후원금 20만 원을 분실했다는 사실이 알려지고 회관은 조합 활동을 열심히 했던 사무장을 곧바로 '착복이 의심된다'는 이유로 '해고'했다. 제대로 된 절차도 해명도 없이 말이다. 함께한 동지의 해고를 겪으면서 노동조합이 힘이 없어서 그저 바라만 봐야 했던 우리는 스스로의 나약함과 힘이 없음을 뼈저리게 느끼고 불리한 협약안으로 '잠정합의'를 해야만 했다. 마지막 교섭에서 부당해고에 대해 한마디도 말하지 못하고 잠정합의를 해야만 했던 나를 포함한 노동조합 집행부는 한동안 실의에 빠져 있었다. 사무장은 한 달이 지나 회관 측의 징계위원회의 재심을 거쳐 해고로 확정됐다. 거기다 사측이 잠정합의안마저 번복하자 우린 이대로 절대 물러설 수 없음을 확인하고 다시 싸움을 시작했다. 직원연수를 거부하고 단체행동에 들어갔다. 그것은 우리에게 파업이나 다름없었다. 하지만 그 과정에서 우리는 또다시 동료들이 끝까지 함께하지 못하고 많은 이들이 노동조합에서 떨어져 나가는 아픈 과정을 겪어야만 했다. 그리고 2002년 새해가 밝았다.

머리가 아닌 몸으로

사회복지시설 노동자들이 시설 운영에 참가하여 민주적인 기관으로 만들어야 하는 것은 우리의 기본 임무다. 몇몇 관리자들에게 잘 보여 승진하고 자신의 자리를 굳히며 장애인을 팔아 밥 벌어먹는 밥벌레가 아닌 것이다. 진정한 장애인 복지를 위한 주체로서 나아가고자 했지만 장애인시설이 개인 사유물처럼 되는 현실에서 우리는 당당하게 우리의 권리를 외치며 파업을 결의했다.

잠정합의 번복, 체불임금 지급, 부당해고 철회, 고용안정 쟁취와 책임자 처벌을 요구하며 전면 파업의 불씨를 당겼고, 이 때문에 오히려 전체 조합원이 함께 뭉칠 수 있었다. 3일 동안 파업을 진행했다. 하루만으로 생각했던 파업을 이틀 더 연장했다. 우리들의 요구를 직접 써서 피켓을 만들고 회관 앞마당에 모여 머리띠를 두르고 당당하게 파업을 외쳤다. 말 그대로 이제는 머리에서가 아니라 몸으로 조합원들과 함께 움직인 것이다.

파업 마지막 날, 파업의 가장 직접적인 원인을 제공한 백아무개 총무부장이 근무시간에 밖으로 나가려는 것을 조합원들이 차를 몸으로 막으면서 퇴진을 외쳤다. 백 부장은 정립회관에서 20년 넘게 일하면서 자신보다 힘없는 직원들에게는 함부로 대하고, 자신의 지위를 이용하여 일방적인 인사조치를 행할 뿐 아니라, 장애인을 대상으로 보고 운영의 편의만을 추구한 사람이다. 노사문제가 벌어지자 조합원들을 회유하고 협박함은 물론 조합원의 가족을 통해 조합 활동을 막으려 하기도 하였다. 그동안 크고 작은 불만과 고용불안 및 동료들의 사직 들은 총무부장 탓이 컸다. 중요한 사안인 체불임금과 부당해고는 법적인 싸움으로 남긴 채, 책임자 처벌을 사측에서 책임지고 할 것을 약속받는 것으로 잠정합의하고 업무에 복귀했다.

정립회관의 노사관계는 아직 해결해야 할 문제가 많이 남아있다. 앞으로 사회복지시설의 모든 노동조합이 부딪혀야 하는 사회복지시설 노동자의 근로조건 개선과 관련한 연대 투쟁이 앞으로 우리가 할 일이 아닐까 싶다. 우리의 싸움이 다른 많은 사회복지시설 노동자에게 힘이 되어 앞으로 함께 싸우면서 우리들의 권리를 당당히 찾으면서도 '참된 복지'를 실현해나가는 디딤돌이 되었으면 한다.

지금도 가끔씩 사람들은 "왜 노동조합 활동을 하느냐?", "포기하고 싶지 않느냐?" 하고 묻는다. "사람으로 태어나서 양심을 저버리지 않고, 정당하게 살아가기 위해 노동조합 활동을 한다." 이것이 내 답이다. 장애인들이나 가진 것 없는 사람들은 잘난 사람들의 도움에 기생하며 살아가는 계층이 아니다. 잘못된 눈으로 우리를 바라보는 정립회관을 포함한 거의 모든 사회복지시설 운영진들이 떠드는 희생과 봉사에 더 이상 들러리를 서는 일은 없을 것이다. 많은 어려움이 있겠지만 이제는 당당하게 "아니다"라고 외치고 싸워갈 일만 남았다.

| **조현민** 사회복지사, 정립회관노동조합 위원장, 2002년 2월 |

지금부터 시작입니다

해마다 바뀌는 용역업체

"96년, 처음 청소일을 시작했을 땐 월급이 53만 원에 상여금이 400퍼센트였어요. 청소물품도 넉넉히 주고 괜찮았어요. 그러다 용역업체가 바뀌면서 월급도 줄고 보너스도 줄더니, IMF가 오니까 갑자기 보너스도 없어지고 월급도 46만 원으로 깎였어요. 뒤에서 욕은 해도 짤릴까 봐 아무 소리도 못 했죠. 2년을 그러고 다녔어요. 다음 해 다른 용역업체가 맡아서는 1년 계약기간을 안 채우고 다른 용역업체로 넘겨버려서 퇴직금을 못 받았어요. 5호선은 2000년부터 '서진환경'이 2년째 맡고 있는데, 그때 월급이 60만 원으로 올랐죠. 나이 많은 아줌마들이 뭘 알겠어요. 주면 주는 대로, 하라면 하라는 대로, 그만두라면 그렇게 한 거죠."

지난해 여름 팔을 다쳐 몇 달 동안 일을 못하게 된 최구순 지부장은 5호선 화곡역에서 5년 넘게 일했지만 병가를 낼 수 없어 일을 그만두었다가 9월에 다시 입사해야 했다. 청소용역 일을 하시는 분들이 대부분 1년 넘게 일했고, 제일 먼저 개통한 5호선에서 일하는 분들은 5년이 넘는 분들도 많다. 일하는 사람들은 그대로이면서 용역업체가 바뀔 때마다 사직서를 쓰고 새로이 근로계약서를 쓰기 때문에 근속연수를 인정받지 못한다.

노동조합을 알게 되다

"지난해 봄, 청소용역직 여성 노동자 실태를 조사하던 전국여성노조연맹 사람들을 만나 노동조합을 알게 되었어요. 그리고 도시철도에서 일하는 우리도 노조를 만들 수 있다는 걸 알았지요. 모르고 당했던 일들이 많더라구요. 도시철도공사와 용역업체 계약엔 1년에 두 번 작업복을 주게 되어 있는데, 제대로 작업복을 받은 적이 없었어요. 월급 기준을 최저임금(226시간에 421,490원)에 맞춰서 최저임금이 올라야 월급이 오르게 돼 있구요. 참 너무 모르고 살았구나 싶데요.

아줌마들 일하는 시간이 오전반(06:00~15:00), 오후반(12:00~21:00), 야간반(21:00~06:00)으로 나뉘어 있어 조합에 가입하라고 얘기하고 다니기가 힘들었어요. 바쁘게 일하는 아줌마들을 아침저녁으로 쫓아다니며 아무리 설명을 해도 쳐다보지도 않는 사람도 많았죠. 오랫동안 작업반장 눈치 보랴, 용역업체 본사와 역무실 직원들 눈치 보며 일했던 아줌마들은 노동조합을 믿을 수 없었던 거죠. 작업반장들도 용역이면서 본사 눈치를 살피느라 노조에 든 사람을 조사하고 탈퇴하라고 했죠.

아줌마들도 처음엔 서로 눈치를 보느라 노조에 가입을 잘 안 했어요. 8월에 교섭이 시작되고, 10월에 9월분부터 월급이 오르고, 처음으로 추석 떡값이 나오니까 노조에 가입하는 분들이 많아졌어요. 조합에 가입하는 작업반장들도 많아졌습니다."

도시철도 청소용역노동조합이 만들어지자, 청소용역업체들 — 5호선은 ㈜서진환경이, 6 · 8호선은 ㈜한국보안실업, 7호선은 ㈜순일기업이 맡고 있다. — 은 앞에선 조합을 인정한다고 얘기하고 뒤에선 조합을 부수기에 들어갔다. 작업반장에게 조합원 명단을 가져오라고 하고, 조합에 가입한 사람들에겐 용역업체가 만든 조합 탈퇴서를 그대로 자필로 옮겨쓸 것을 강요했다.

2001년 8월, 임금인상과 단체협약이 본격적으로 시작되었다. 용역업체가 세 곳으로 나뉘어 있어 호선별 교섭에 들어가, 2001년 11월 말 임단협이 마무리되었다. 그리고 2001년 11월 28일 민주노총 서울지역본부 강단에서 조합원 50명이 참가해 임단협 승리보고 대회를 열었다.

지금부터 시작입니다

"도시철도 청소용역노동조합의 임단협이 타결되었지만 여전히 남아있는 문제가 있어요. 지난해 임단협을 체결했던 용역업체들은 올해 3월이면 또 바뀌게 돼요. 다음에 오는 용역업체에 임단협과 고용승계를 하기로 했지만 그 업체가 어떻게 나올지 몰라요. 도시철도공사와 용역업체 계약기간이 최소 3년으로 연장돼야 조합원들의 고용과 복지후생, 퇴직금 문제가 그나마 안정될 수 있어요. 1년만 하고 그만둔다는 생각밖에 없는 업체가 우리를 위해 무슨 일을 하겠어요. 다시 정해지는 업체가 임단협 안을 승계하지 않으면 싸우는 수밖에 없어요. 우리 노동조합은 이제부터 시작입니다."

| 도시철도 청소용역노동조합, 2002년 2월 |

유우머

수준차이

같은 고생끝에 제법 돈을 많이 모은 사람이 하도 도둑들이 극성을 부리는지라 집을 잘 지킨다는 사나운 개 한마리를 사왔다. 그런데 이 개를 사다놓은지 3일째 되는 날 밤, 금은 보석 등 4백만원어치를 도둑맞았다. 화가 난 개주인은 개를 판 사람을 찾아가 자초지종을 말하며 따져 물었다.

"이 개는 집을 잘 지킨다고 하지 않았습니까?"

"네. 그 개는 재벌 집에서 살았기 때문에 4백만원 정도는 푼돈으로 생각했을 겁니다."

_ 한국대양전기 노보 1990.

똥차

정류장에서 꾸물대며 떠날 생각을 않는 버스에서 화가 난 승객이 운전사에게

"이 놈의 똥차 언제 떠날 거야?"

말하자 운전사가 느긋하게 하는 말

"똥이 차야 가지."

_ 한국씨티즌정밀 노보 1992.

누가 사장 시켜 달라고 했나?

서울역 호남선 열차가 출발하는 홍익매점 성과급 영업원으로 입사한 지가 벌써 4년이 넘었다. 기차를 타고 여행을 해본 사람이라면 기차역 구내나 광장 그리고 열차 안에서 판매하는 상품을 한 번쯤은 사보았을 것이다. 상품을 가만히 보면 무엇이건 간에 제조회사말고 따로 홍익회 상표인 '홍익회' 또는 'Hi' 표기가 하나 더 붙어있다. 홍익회가 개발한 등록 상표다. 이 상표가 붙어있지 않으면 물건을 팔 수 없다. 내가 일하는 곳이 홍익회 상표가 붙은 물건을 파는 홍익매점이다.

재단법인 홍익회는 철도역 구내 매점, 열차, 자동판매기 영업 그리고 광고 이외에 임대 독점 사업으로 벌어들인 돈으로 철도에서 일하다 다치거나 죽은 사람들의 가족 그리고 여객

서비스에 원호 복지금으로 사용하고 있다. 작년 한 해 동안 매출액 2천억 원을 달성했고 해마다 판매 수익금은 계속해서 더 늘어나고 있다.

2000년 11월 24일 대법원에서는 홍익매점 성과급 영업원들을 노동자로 인정했다. 매점에서 일하는 사람들은 1년 365일 하루도 빠짐없이 16시간을 일한다. 쉬는 날도 없고 가족들과 밥 한 끼 같이 먹을 시간도 없다. 기본급이 없는 전액 성과급 영업원이어서 우리들은 노동자 취급도 받지 못했다. 1975년 성과급 영업원은 노동자가 아니라고 노동부가 결정하고 난 뒤 27년 만에 대법원이 노동자로 인정하였기에 그 기쁨은 이루 말할 수가 없었다.

하지만 기쁨은 정말 잠시였다. 홍익회는 LG경제연구소에 경영구조 개선 용역을 의뢰했다. 구조조정 명목인지 아니면 경영개선을 위한 것인지는 나도 모르겠다. 2억 원이라는 엄청난 돈을 갖다 바치면서 말이다. 매점에서 가장 많이 팔리는 물건이 300원에서 700원대 물건인데 어이구~, 2억 원이면 세가 빠지게 팔아야 한다. 산수 싫어하는 나는 계산도 못하겠다. 그곳에서 나온 결과는 매점을 용역으로 전환해야 한다는 것이었다.

홍익회는 매점을 강제로 용역으로 바꾸면서 새로 만들어지는 매점들은 용역계약으로 운영하기 시작했다. 남아있는 성과급 영업원을 용역으로 전환하기 위해선 사표를 받아야 했고 동시에 사업자등록증을 내기 위해서는 이러저런 서류가 있어야 했다. 본부장 면담이 있으니 들어오라고 사무실에서 연락이 왔다. 본부장실에 가니 지금 노조위원장으로 있는 평호 형님과 옆 매점을 운영하는 형수가 벌써부터 와있었다. 짐작하고 갔지만 그 당시에는 '설마 나까지…….' 하는 안이한 생각도 들었다. 본부장실에는 회사 측인 본부장, 영업부장, 관리부장 그리고 차장이 있었는데 그들은 미리 교육을 받았는지 홍익회의 용역계약에 대한 지침에 따라야 한다는 얘기를 하기 시작했다. "함께 타고 가는 배에서 지금 결정에 따르지 않으면 그 배에서 내려야 한다"는 둥, "국유재산 환수 시에는 매점을 내놓아야 한다"는 둥 우리에겐 선택할 여지가 없다는 것을 지겹게 되풀이하며 말했다. 그래도 사표는 못 쓰겠다고 하니 "사장 만들어주는데 왜 그러느냐……. 그렇게 나오면 불이익이 갈 수밖에 없다"며 은근히 협박을 했다. 어찌되었건 용역 전환은 할 수 없다고 하고 그 자리를 나왔다.

그 뒤로 하염없이 버텨온 게 어느새 1년 2개월이 되어버렸다. 우리도 노동조합을 만들어야 한다는 결론을 내리고 서울지역 매점 종사자들의 친목회를 열고 노조를 만들기 위한 준비 작업을 시작하여 2001년 1월 17일 서울, 수원, 경인, 청량리, 4개 지역 매점 노동자들이 뭉쳐 노조를 만들었다. 우여곡절 끝에 합법적인 노조 신고 필증까지 받았지만 홍익회는 조합을 인정하지 않고 있다.

그들이 말하는 사장이라는 용역계약자(현재 95퍼센트 이상 용역 전환된 상태이며, 노조 가입은 30퍼센트 약 300여 명 정도만 가입한 상태)는 홍익회의 관리 감독 밑에 성과급 영업원과 똑같이 일하고 있다. 달라진 것은 화장실 가서 밑 닦을 때도 쓸모 없는 사업자등록증과 급여명세서가 이름이 바뀌어 용역수수료로 지급되는 것뿐이다.

홍익회에서는 성과급 수수료가 올랐다고 주장하지만, 이 말은 순전히 거짓말인 것이 1년이 지난 지금에서야 확인되었다. 이미 지급되고 있던 수당이나 퇴직금을 매달 나누어 지급하기 때문에 받는 사람 처지에선 분명 오른 것은 사실이지만 한 해가 지나 합해보면 오히려 줄어들었다고 말하는 용역계약자 매점들이 생겨난 것이다. 명찰 안 달았다고, 문 여닫는 시간 지키지 않았다고 경고 먹는 사장이다. 매점도 물건도 내 것이 아니고 매점 운영에 관한 소모품조차도 홍익회에서 전부 지급되는데 무슨 사장이란 말인가. 몸뚱어리만 제공하는 용역제도가 무슨 개인사업자란 말인가…….

홍익회가 구조조정을 한다면 철도청에 낙하산 타고 내려앉아 탱자탱자 하는 사람들을 해야지 왜 애꿎은 매점 노동자들만 못살게 구는가? 법도 노동자라고 인정했고 정당한 노동조합 필증까지 받은 홍익매점 노동자들이 무얼 그리 큰 걸 바랬길래 교섭에도 한번 안 나오는가? 껌 팔아 신문 팔아 홍익회 수익금 만드는 매점 노동자들은 하루 16시간 365일 노는 날도 없이 일해도 최저임금도 못 받고 있는데 사장은 무신 놈에 사장. 우리가 언제 사장 시켜 달랬나.

지금도 홍익회 본부장 이하 그 떨거지들은 구석 어디에 처박혀 거짓말을 만들어내고 있겠지. 낙하산 타고 내려와 2년만 넘게 버티고 앉아 있으면 퇴직금만 수억 원이 되니 오죽하겠니. 제발 사람 좀 되거라.

| **손홍국** 서울역 장항선 홍익매점 성과급 영업원, 2002년 4월 |

프리랜서,
빛 좋은 개살구

방송사 구성작가라고 하면 어디 가도 특별히 무시당하지는 않는다. 회사 안에서는 쥐꼬리만 한 월급에 고생한다는 격려를 받기도 하고, 밖에 나가면 언론기관인 방송사에서 일한다는 점, 또 방송 일을 하다 보니 세상 돌아가는 물정도 좀 아는 편이기도 하고 눈치도 있는 편이라 사람들 대부분이 우리에게 호의적이다. 아니, 호의적이었다.

그런데 마산MBC의 구성작가를 비롯한 이른바 프리랜서들이 노동조합 활동을 하고 나서부터는 솔직히 좋은 얘기라고는 들어본 적이 없다. 평소 우리를 딸같이 생각한다는 회사의 높으신 분들 태도가 뒤바뀐 것은 말할 것도 없고 민주노총 조합원인 몇몇 피디들에게도 "뭐 하는 거냐?"는 얘기를 들었다. 그래, 좋다. 회사 사람들은 이해관계가 걸려있으니 좋지 않게 얘기를 하는 게 당연할 수 있다. 그런데 회사 밖 노동운동계, 시민운동계(이를 운동권이라고 하나?) 이런 곳에서조차 좋은 얘기를 들어본 적이 없다. 물론 당신들 대단한 일 한다고 말은 한다. 그 뒤에 따르는 얘기는 열이면 열 다 다르고 안 좋게 보는 이야기들이다.

"비정규직 문제는 정규직 노동자들과 갈등을 일으키면 풀기 어렵다. 무조건 투쟁하는 것만이 될 일이 아니다."

"왜 그렇게 투쟁적이지 못하냐? 가서 싸워라."

"비정규직 문제는 노동법 개정만으로 풀 수 있다. 서로에게 상처만 주고 괜한 희생만 불러일으킨다."

"시작할 때는 정세부터 판단하고 꼼꼼하게 시작해야 되는데 준비가 모자란 것 같다."

"여성노조와는 다른 조직을 만들어야 되는 것 아니냐?"

맞다, 우리가 안고 있는 문제들이다. 그런데 우리에게 있어야 할 것은 이런 객관적인 평가가 아니고 실질적인 지원이다. 이렇게 해라, 저렇게 해라 하는 투쟁 지침이 아니라 곁에서 얘기 들어주고 우리가 안고 있는 여러 문제들을 함께 풀려고 걱정해주는 자세이다. 들리는 얘기로, 광주 캐리어 비정규직 투쟁에 어떤 조직이 결합해서 문제가 더 커졌다는 얘기도 있던데, 내 솔직한 심정으로는 그보다 더한 조직이라도 와서 곁에서 도와줬으면 좋겠다.

그건 그렇고, 사람들은 누가 노동조합을 만들었다고 하면 뭐가 문제냐고 물어본다. 뭐가 문제라서 노동조합을 만드나? 자본주의 사회에서 육체노동을 하든 정신노동을 하든 자기 자본 없이 남 밑에서 일을 해서 먹고사는 사람들이 노동조합을 만드는 것은 마땅한 일 아닌가?

회사에서는 우리를 일컬어 출퇴근 시간도 없고 자유롭게 일하는 프리랜서라고 하는데, 설사 우리가 프리랜서라 할지라도 노동조합을 만들 수 있고 회사는 단체교섭에 나와야 한다. 외국에는 우리보다 훨씬 돈 잘 벌고 자유로운 영화배우들도 노동조합을 만들어 사회보장제도와 권익을 보장받는다. 멀리 외국까지 갈 것도 없다. 우리나라 연예인들도 노동조합을 결성해 나름대로 자기 권리를 찾고 있다.

우리 마산MBC의 구성작가를 비롯한 디제이, 엠시, 리포터들은 전국에서 처음으로 노동조합에 가입하고 단체교섭을 요구했다. 마산MBC가 특별히 문제가 있어 노동조합을 결성한 것은 아니다. 지역 방송사에서 일하고 있는 구성작가들의 처지는 비슷하다. 언제부터인가 방송사에서는 정규직 노동자인 피디를 덜 뽑기 시작했고, 모자라는 인력 때문에 생기는 일을 피디와 구성작가를 비롯한 디제이, 엠시, 리포터 들이 하게 했다. 우리는 일 많이 하는 것을 문제 삼지는 않는다. 오히려 일을 많이 하고 싶다. 다만, 일한 만큼 대가를 받고 싶다는 것이다.

대학을 졸업하고 부푼 꿈을 품고 방송사에 들어와 받는 돈이 첫해는 대략 60만 원에서 80만 원쯤이다. 2, 3년 지나 경력이 조금 생기면 100만 원쯤이다. 아무리 늦게까지 남아 일을 해도 수당이 없다. 4대보험도 적용받지 못한다. 지역 방송사에서 애써 만든 프로그램 대신 중앙에서 특집방송을 내보내면 그 기간 동안에는 원고료나 진행료를 안 준다. 올 추석에도 특집방송으로 내가 맡은 프로그램이 4일 동안 나가지 않게 돼, 떡값은커녕 4일치 원고료만 깎이게 생겼다. 물론 4일 동안 일을 하지 않으니까 좋기야 하지만 쉰다는 기쁨도 잠시, 곧 닥쳐올 가난이 두렵기만 하다. 물론 방송사에서 일하는 정규직 노동자들은 이런 경우라고 해서 월급이 깎이지는 않는다.

돈도 돈이지만 우리 구성작가나 디제이, 엠시, 리포터 들이 문제 삼는 것은 고용 문제이다. 방송사의 정규직 노동자들이 고용안정을 바라듯이 우리도 방송사에서 안정되게 일하고 싶다. 그런데 우리는 봄가을 프로그램 개편 때마다 목숨이 오락가락한다. 일을 계속 하고 싶어도 프로그램이 없어진다는 까닭으로, 능력이 모자란다는 까닭으로 일을 그만두라고 한다. 더 좋은 프로그램, 새로운 프로그램을 만들어야 된다는 이유로 우리는 생존권을 빼기게 된다.

능력, 우리를 무척이나 옥죄는 말이다. '저 작가는 능력이 없다, 일 못한다.' 우리는 이런 소리를 듣지 않으려고 안간힘을 쓴다. 밤새워 일을 하기도 하고 심지어 동료를 깎아내리기도 한다. 그런데 능력 없는 사람은 굶어죽어야 될까? 능력 없는 사람은 겨우 얻은 일자리마저 놓쳐야 되나?

그래, 좋다. 능력이 없으면 방송 밥 안 먹고 다른 일을 해서 먹고살면 된다. 그런데 능력이 있다, 없다고 하는 잣대는 무엇인가? 내가 알기로 방송사에서는 우리 구성작가를 비롯한 디제이, 엠시, 리포터 들의 능력을 잴 수 있는 그 어떤 기준도 없다. 능력을 판가름하는 객관적 기준이나 원칙도 없이 단순히 능력이 없다는 주관적 판단만으로 우리를 자르고 있다.

방송사에는 "당신들은 프리랜서라서 어쩔 수 없다"고 한다. 우리가 언제 프리랜서 하고 싶다고 했나? 우리는 더는 이런 상황을 받아들일 수 없다. 방송사에서 늘 주장하는 대로 인간을 위한 방송, 더 나은 사회를 만들려는 방송을 하겠다면 우리가 안고 있는 이 문제를 풀려는 단체협상에 나와야 된다. 이제 그만! 참을 만큼 참았다.

| **박미경** 구성작가, 전국여성노동조합 방송국지부 마산MBC 분회장, 2002년 11월 |

해고 협박과 눈칫밥 따위에 기죽지 않는다

저는 웅진 한글짝꿍 일산지국 교사 정진희입니다. 또 다음 카페 '한글짝꿍교사 사랑방' 주인이자 전국학습지산업노동조합 웅진지부 조합원입니다.

저는 학습지 교사를 하면서 힘들고 즐거운 이야기를 나누고자 인터넷 카페를 만들었습니다. 노동조합에 가입도 했습니다. 지국장과 팀장이 교사를 무시해 항의한 적이 있습니다. 그리고 이러한 까닭으로 그만두라는 협박을 당했습니다.

학습지 교사는 말이 지도교사이지 영업사원입니다. 매달 초면 회원 확대 계획서를 내야 하고, 매일 저녁에는 팀장에게 실적 보고를 해야 하고, 사무실에는 실적 그래프도 있습니다. 실적이 바로 교사의 능력이 되고, 관리자는 교사에게 실적을 요구하고. 그런 어려움 때문에 그만두는 교사들도 정말 많습니다.

그런데 저는 제 관리 지역에서 저와 한마디 상의 없이 다른 교사가 일하고 있는 것을 알게 되었습니다. 회원 어머니가 인터넷으로 교재를 신청하면 당연히 지역 담당 교사가 수업을 가야 합니다. 그런데 다른 교사가 상담하러 가서 과목 입회와 전집 판매 실적을 올리고 한 달 동안 수업을 하고 있었습니다. 그러다 이제야 저한테 그 수업을 가라는 것이었습니다.

그 회원은 11월에 다른 지역으로 이사가는데 그러면 또 교사가 바뀝니다. 넉 달 동안 교사가 세 번 바뀌게 되는 것입니다. 그러면 아이들은 정말 상처를 받고 학습 의욕도 떨어집니다. 진작에 지역 담당 교사와 의논했더라면 이런 일은 없었을 것입니다. 아이와 어머니 처지보다는 입회 실적 하나가 금쪽 같은 학습지 시장에서는 흔히 있는 일입니다.

지난 9월 16일 저는 이 사실을 확인해줄 것을 요구했습니다. 지국장은 오해가 있었고 이런 착오가 없도록 하겠다는 약속을 했습니다. 이틀 뒤에 본사 총국장이 지국 사무실에 왔습니다. 교사 개인 면담을 하며 저에게 교사들을 선동한다 하더군요. 그리고 다른 교사들을 면담할 때는 제가 따로 불러내느냐고 물었다 합니다.

학습지 교사들은 따로 시간을 쪼개지 않으면 같이 밥 먹기도 어렵습니다. 저는 동료 교사들과 어려움도 함께 나누고 친해지고 싶었습니다. 그래서 선생님들께 전화해 같이 밥을 먹곤 했습니다. 그게 선동이라니요.

일주일 뒤 월요일, 입사할 때 저를 추천해준 교사와 통화하였습니다. 그분은 먼저 몇 가지를 묻겠다 하더군요. 한마디로 "여기 왜 들어왔냐"는 거였습니다. "카페는 왜 만들었냐, 카페에 올린 글을 보니 다른 뜻이 있는 것 같다"고 하였습니다. 그래서 저는 "글을 읽어 보았느냐"고 했더니 "자신이 본 적은 없고 확실한 정보에 따른 것"이라 하였습니다. 그리고 "회사는 너 같은 사람 필요 없으니 일주일 안에 사직서를 쓰라"고 하였습니다. 하도 어이가 없어서 말이 안 나오더군요.

그렇게 또 한 주가 지났습니다. 월요일 교육이 끝나고는 지국장이 다음 날 따로 보자고 하였습니다. 드디어 올 것이 왔구나 하는 맘으로 지국장을 만났습니다. 역시나 지국장도 그만두라 하였습니다. 이유는 단 하나. "자신은 정말 우롱당했다. 선생님 같은 사람과는 도저히 같이 일할 수 없다"는 것이었습니다. "10월 첫주까지 수업하면 수수료가 선생님한테 떨어지니 한 주만 수업하고 다음 주부터는 수업하지 말라"고 했습니다. 그리고 "백 과목이 돼도 내가 수업할 테니 애들 걱정은 하지 말라"더군요.

저는 끝까지 그럴 수 없다고 대답했습니다. 전 잘못한 게 없으니까요. 그리고 아파트 베란다에 달라붙어 저를 기다리고 있을 아이들 얼굴이 아른거렸고……. 그리고 내 생존이 걸린 문제니까요. 그런 저에게 지국장은 뻔뻔하다 하더군요. 그리고 이렇게까지 자신을 괴롭히면서 회사에 다니려는 '다른 이유'가 뭐냐고 자꾸 되물었습니다. 좋은 지역을 분할해 주었는데 실적이 낮으니 '다른 이유'가 분명히 있다는 것이었습니다.

출근 말라던 그 다음 주 월요일, 이판사판이다 싶은 마음으로 사무실에 나갔습니다. 노동조합에서 지국장 앞으로 해고 발언 사실을 확인하겠다는 공문도 보냈는데 어찌될까 걱정도 되었습니다. 그런데 무사히 아침 교육을 받고 자리에 앉았습니다. 수업 교재도 받았습니다. '휴우. 안 짤렸구나.' 피식 웃음이 나왔습니다.

첫 수업에 달려갔습니다. 아니나 다를까. 아이는 아파트 꼭대기 베란다 창문에 달라붙어 "선생니임~"을 부르고 있었습니다. 그 소리에 울컥하고 목구멍부터 뜨거워졌습니다. 혹시라도 다시 수업을 하지 못할까 봐, 혹시라도 아이들을 만날 수 없을까 봐 얼마나 가슴을 졸였는지요.

저는 아직도 날마다 저녁 수업을 마치고 집에 돌아올 때면 혹시나 오늘이 마지막 수업이 되지 않을까 하는 마음에 발걸음이 무겁습니다. 한 주에 한 번 20분 동안 아이들을 만나는 직업. 우리 교사들은 그 20분에 정성을 다합니다. 새하얀 종이처럼 깨끗한 아이들이니까요. 얼마나 조심스러운지 모릅니다. 이런 아이들에게 선생님을 기다리는 5분, 10분은 정말 지루한 시간입니다.

제가 아이들 마음을 알게 된 건 얼마 되지 않습니다. 그때부터 저는 수업에 늦어 자전거 페달을 마구 밟다 엎어져 무릎이 깨져도 휴지로 싸매가며 수업을 하러 갔습니다. 장대비가 쏟아져 발은 젖어도 교재가 젖지나 않을까 가슴에 안고 수업에 갔습니다. 그리고 제발 이번 선생님은 금방 바뀌면 안 된다며 약속하라던 어머님들 믿음을 지키려 했습니다.

소중하게 지키고 정성을 다했던 제 일터입니다. 그런데 제가 노동조합 활동을 한다고 해서, 실적이 낮다고 해서, 지국장이 같이 일하기 싫다고 제 일터를 빼앗을 수는 없습니다. 이런 것이 계약직, 특수고용직의 설움입니까?

요즘 부쩍 어머니 얼굴이 자주 떠오릅니다. 우리 어머니는 요구르트 배달을 하시는 분입니다. 벌써 20년이 넘었습니다. 그 일로 저를 키우셨습니다. 요구르트 배달도 개인사업자이지요. 그래서 우리 어머니는 20년 넘게 보너스 한 번 받아보신 적이 없습니다. 평생직장을 그만두어도 퇴직금 한 푼 받을 수가 없지요.

처음으로 회원 수업료를 못 받아 제 돈으로 대납하고 퇴근하던 날, 어머니 생각이 왜 그리 나던지요. 핸드폰을 꺼내 들다가 차마 통화는 못하고 전화를 끊었습니다. 속상하고 죄송한 마음에 울컥했습니다.

비정규직이 전체 노동자 가운데 반이 넘는다고 합니다. 점점 늘어난다고 합니다. 지국장이 물었지요. 그렇게 뻔뻔하게 버티는 이유가 무엇이냐고요. 이유는 단 하나입니다. 우리 어머니가 겪고 제가 겪는 이 서러움을 우리 아이들에게까지 물려주고 싶지 않아서입니다. 아이들의 반짝이는 눈망울에 서러운 눈물을 맺히게 할 수는 없습니다. 그래서 노동조합에 가입했고, 노동조합이 있어서 또다시 아이들을 만날 수 있었습니다.

또다시 내일이 되면 사무실에서 눈칫밥 신세가 되겠지요. 그렇다고 해서 기죽을 제가 아닙니다. 저에게는 이길 때까지 싸우는 노동자 근성이 있고, 저를 지켜주는 든든한 노동조합이 있으니 말입니다.

| **정진희** 웅진 한글짝꿍 일산지국 교사, 2003년 3월 |

우린 끝까지 간다

지난 1월 9일 경남 창원에 있는 두산중공업에서 배달호 조합원이 분신 사망했다.

"출근을 해도 재미가 없다. 두산이 해도 해도 너무한다."

조합원과 조합에 내려진 63억 원의 임금과 재산가압류, 부당한 징계의 내용이 든 유서도 함께 발견되었다. 50대의 가장으로 분신이라는 길을 선택할 수밖에 없었던 한 노동자의 삶이 남의 일 같지 않다.

전국민주노동조합총연맹에 따르면, 2003년 1월 22일 현재 손해배상과 가압류는 50개 사업장에 2천 222억 9천만 원에 이르고, 2002년 6월 말에 조사한 38개 사업장에 1천 253억에 비해 6개월 동안 1천억 원이 늘었다. 또한 민주노총에 소속되어 있지 않은 사업장은 1개 사업장에 5억 4천만 원으로 기업주들이 노동조합 단체행동권을 제약하는 데 손해배상 청구와 가압류를 주로 활용한 것으로 보고 있다.

내가 몸담고 있는 갑을플라스틱 역시 비슷한 처지다.

지난해 4월 20일 노동조합을 만들고 나서 200명에 가까운 노동자가 가입했다.

내가 일하는 곳은 주야 2교대를 하는 사출 부서다. 처음엔 반장이 근무시간에 같은 부서 조합원들을 식당으로 올려보내 집단 탈퇴를 강요하더니 차츰 중간 관리자들이 "노동조합 때문에 회사가 망한다"며 공공연하게 사내 선전물을 만들어 뿌렸다. 그 결과 조합원은 줄어들고 비방과 흑색선전은 더욱 기승을 부렸다. 이에 힘입어 회사는 취업규칙으로 조합 간부들에 대하여 중징계와 해고를 하고 이에 맞서 노동조합은 사내 주차장에서 천막농성을 시작했다.

"노동조합 인정하라!"

"부당징계 철회하라!"

이 같은 요구를 걸고 시작한 천막농성은 파업 찬반투표로 이어졌고 결국 조합원 90퍼센트가 넘는 찬성으로 6박 7일 동안 공장 점거에 들어갔다. 당황한 회사는 비조합원과 용역들로 구사대를 동원하고 사내 진입을 시도했다. 팽팽한 긴장감 속에 "노동조합을 인정하겠다"는 약속을 회사로부터 받고 나서야 공장 점거를 풀었다.

하지만 그것도 잠시, 회사는 수습직 사원 20여 명에게 임금 삭감과 한 달 단위의 근로조건을 내용으로 하는 근로계약서를 강요했다. 계약서를 쓰지 않는 조합원 3명에게 해고통지서가 날아왔다. 이에 노동조합은 리본을 달고 단체행동에 들어갔다. 회사는 또다시 전체 조합원과 간부에 대한 감급과 정직, 임산부까지 해고하는 일을 서슴없이 했다. 거기에다 조합원은 3천만 원, 간부는 5천만 원, 조합비 2억 5천만 원에 이르는 임금과 채권가압류로 사실상 급여계좌를 묶어놓은 상황이다. 결국 일을 하고 돈 한 푼 만질 수 없는 처지에 놓여있다.

나 또한 정직 5개월과 5천만 원의 임금 가압류를 당했다. 주야근무를 해서 기본급 60만 원도 못 되는 월급 가압류에 정직까지 당하고 나니 날마다 차비 걱정에 한숨이 절로 나온다. 그나마 결혼하고 애들이 있는 조합원에 견주면 내 처지는 좀 나은 형편이다.

얼마 전 초등학교 5학년 아이를 둔 지회장이 삭발 단식 중에 쓰러져 입원하고 이어서 수석 부지회장 또한 단식 18일을 진행하고 병원 신세를 졌다. 회사는 단식농성을 하고 있는 조합 사무실의 전기를 끊고 찾아오는 사람들까지도 통제했다. 한번은 추운 날씨에 차가운 콘크리트 바닥에서 밤을 새야 하는 농성장에 난로를 들고 가려다 이를 막는 용역경비들과 실랑이를 벌였다.

"안에서 사람이 죽어간다."

"왜 못 들어가게 하냐?"

"난로는 위험해서 들어갈 수 없다. 위에서 지시한 대로 할 뿐이다."

"이미 안전 검사를 받은 것이다."

"그래도 안 된다."

"안에서 얼어죽으라는 것이냐!"

"임산부 잘못되면 그땐 각오해라."

하지만 용역경비들은 자기 임무에 충실함을 보여주기라도 한 듯 완강하게 버티며 "노무대리에게 연락해라"는 말뿐이었다.

"난로를 들여보낼 거라면 전기를 끊었겠냐?"는 전화기에서 흘러나오는 노무대리의 말은 정말이지 피도 눈물도 없는 사람 같았다. 끝내 농성장에 들어가지 못하고 가스난로를 차에 싣고 되돌아왔다.

돌아오면서 '왜 정문에서 그냥 왔을까? 가스통이라도 던져버릴걸.' 하는 생각에 자꾸 화가 났다.

'그러면 뭐하냐? 내가 그런다고 해결될 일도 아니고…….'

'니들이 그러면 우린 더 끈질기게 끝까지 간다.'

분을 삭이고 또 삭였다.

지금은 조합원이 23명이다. 단식농성을 정리하고 대통령직 인수위원회 앞에서 1인 시위를 진행하고 있다. 언제 끝날지 모를 싸움이지만 믿고 함께하는 조합원이 있어 한편으론 너무나 든든하다.

언젠가 부서 야유회 때 "왜 하필이면 민주노총 금속노조냐?"고 하는 어느 관리자의 말이 떠오른다. 민주노총에서 조사한 손해배상과 가압류 사업장이 민주노총에 집중되어 있는 현실은 결코 우연이 아니다. 이젠 어떻게 해야 할지. 도리가 없다. 끝까지 싸워서 살아남는 것밖에.

| **김상권** 갑을플라스틱, 2003년 3월 |

택시 사납금 제도는 살인 제도다

얼마 전에 신호를 위반하여 누적점수 40점을 받아서 40일간 면허정지 처분을 받았다. 택시 손님이 없어 돈벌이가 시원찮아 겨우 생활을 유지해나가고 있는 터에 40일 면허정지를 당하고 보니 정말 난감하였다.

교통법규를 지키면서 택시 영업을 하려고 노력을 해보지만 그것은 참으로 어려운 일이다. 빨간신호 너머 택시를 기다리는 손님이 보이면 순간 긴장하지 않을 수 없다. 다른 택시가 골목이나 엉뚱한 곳에서 나타나서 그 손님을 태울 수 있기 때문이다. 사실 이런 경우는 종종 있기 때문에 경찰차가 없거나 신호를 대기하고 있는 차들이 거의 없으면 신호를 어기곤 하는 것이다.

이번에 내 경우가 딱 이런 것이었다. 분명히 경찰차가 없음을 확인하고 거의 교차로를 통과했다 싶었는데 골목길에서 갑자기 경찰차가 나타났다. 몇 년 전만 해도 경찰에게 애원하면 벌점 없는 싼 스티커를 받았는데 최근에는 애원도 통하지 않는다.

이런 경우를 당하고 나서 다시 운전대를 잡는다는 것은 참으로 인내를 요구하는 것이다. 하루 온종일 최상의 컨디션으로 20시간을 일해도 사납금을 빼면 수익이 겨우 10만 원 안팎인데 6만 원 벌금을 받으면 그날 기분은 영 엉망이 되어버리고 만다.

규정 속도를 지키는 것도 참으로 어려운 일이다. 자기 차가 맨 앞에서 운행을 하고 있는데 뒤에서 다른 택시가 붕붕 소리를 내면서 자기 택시를 추월하려고 하면 추월당하지 않기 위해 과속을 하는 일이 자주 생긴다. 되도록이면 앞에서 운행을 해야 손님을 태울 수 있기 때문이다. 더구나 자정이 지난 시간에는 교통량이 거의 없기 때문에 더더욱 과속을 하게 되는 것이다. 중앙선 침범도 마찬가지이다. 중앙선 너머 손님이 있으면 오고 가는 차가 잠시 없을 때 택시를 180도 돌려서 손님을 태우는 경우도 참으로 많다.

솔직히 교통법규를 위반하면서 자괴감에 휩싸였을 때가 한두 번이 아니었다. 교통법규를 지키면서 영업을 할 경우와

법규를 어기면서 영업을 할 경우를 나누어서 하루 수익을 비교하면 어느 정도 차이가 날까? 어림잡아 몇만 원은 차이가 날 것이다. 이 돈이 쌓여서 한 달이면 몇십만 원 정도 차이가 나는 것이다. 그래서 택시 노동자들은 제아무리 안전교육을 받아도 잘 지키지 않는 것이다. 물론 개인의 인품이나 성격, 생활 처지에 따라 정도의 차이는 있을 것이다. 그러나 사납금 제도를 폐지하고 완전 월급제를 채택하지 않는 한 택시의 일상적인 교통법규 위반은 결코 사라지지 않을 것이다.

40일간 면허정지 처분을 통고받고 나서 며칠 뒤에 도로교통안전관리공단에서 주관하는 안전교육을 들었는데 교육 내용의 초점이 개인이 법을 잘 지켜야 한다는 데 맞추어져 있었다. 운전을 하는 순간 그 차는 LPG가스통과 같은 위험물이기 때문에 항상 조심스럽게 다루어야 한다는 것이다.

정녕코 움직이는 차가 LPG와 같은 위험물이라면 과속, 신호 위반, 중앙선 침범을 유발하는 사납금 제도는 왜 없애지 않는가? 2시간을 연속으로 운전하면 집중력이 떨어지니까 '충분한 휴식을 취하고 나서 운전하라'고 그렇게 강조하면서 20시간 연속 운전을 할 수밖에 없는 택시 노동자의 처지에 대해서는 왜 주목하지 않는가? 한마디로 말하면 사납금 제도는 살인 제도나 다름없다.

해당 기관과 각종 언론사에서는 택시 노동자들에게 안전과 친절을 강조하는데, 안전과 친절은 개인의 성격이나 품성에서도 나오지만 훌륭한 제도와 장치로써 보장되는 것이다. 사실상 개인의 성격이나 품성은 훌륭한 제도와 사회적 관심으로 더더욱 고와지고 다듬어지는 것이 아닌가?

당국과 언론은 택시 노동자들에게 안전운전과 친절을 요구함과 아울러 법규 위반과 사고의 원인을 제공하는 사납금 제도 철폐에 적극 나서야 한다. 더군다나 택시는 운전자와 승객의 목숨과도 연관된 직업적 특성이 있기 때문에 더더욱 택시 노동자의 처지에 대해서 주목해야 된다.

택시 노동자들은 보통 격일(24시간 근무, 24시간 휴식)로 오랜 시간 일하다 보니 불면증에도 시달리고 각종 관절에 통증을 느끼기도 하고 여러 가지 속병에 시달리는 경우가 흔하다.(몇 년 전부터 1일 2교대 사업장이 조금씩 생겨나고 있는 것은 그나마 다행이다.)

주 40시간을 요구하고 주5일 근무제를 시작하고 있는 이때에 택시 노동자들은 주 60시간이라는 살인 노동을 강요당하고 있다. 그것도 100만 원에 가까운 월 수익에 퇴직금은 1년에 30만 원 안팎이고 상여금이라는 것은 추석과 설 때 겨우 20만 원이 지급될 뿐이다. 이것으로 어떻게 온전하게 살림을 꾸려나갈 수 있겠는가?

이제는 월급제를 노사 간의 합의에만 맡길 것이 아니라 정부가 나서야 한다. 정부는 택시 노동자를 뛰어넘어 사회적 약자를 배려하고 보호하는 정책과 제도 마련에 소명의식을 갖고 적극 나서야 한다.

택시 노동자들은 하루빨리 교통법규를 충실히 지켜도 생활에 곤란이 없는 그런 사회에서 살고 싶어 한다. 손님들을 언제나 친절하고 안전하게 모실 수 있는 그런 택시 노동자가 되고 싶어 하는 것이다. 이것은 정말 현실 불가능한 헛된 꿈에 지나지 않는 것인가?

| **정영근** 택시기사, 2004년 2월 |

환자들 곁으로 돌아가고 싶습니다

서울대병원 간병인지부 조합원들의 요구는 이렇습니다.

간병인도 인간답게 살고 싶으니 불법공급 업체로 노동부가 판결한 유료 소개소인 아비스와 유니에스를 중단시키고 무료 소개소를 다시 열어 10년, 15년씩 일해온 환자 곁으로 돌아가게 해달라는 요구입니다.

2003년 9월 1일부터 15년 동안 유지해오던 간병인 무료 소개소를 폐쇄한다는 병원장의 편지 한 통으로 우리들의 투쟁은 시작되었습니다. 50, 60대 여성 가장들인 우리는 10년, 15년씩 일해온 서울대병원에서 하루아침에 내쫓기게 되었습니다. 심지어 병원은 수간호사와 교수까지 동원하여 이 간병인을 쓰면 치료에 지장을 주겠다는 협박까지 하여 우리들은 울면서 병실에서 쫓겨났습니다.

이에 맞서 간병인 조합원과 보건의료노조 서울대병원지부가 중심이 되어 폐지 철회를 요구하며 병원장 항의면담, 병원로비 철야농성, 목숨을 건 단식투쟁, 서명운동, 국회와 청와대, 교육부와 노동부 앞 선전전, 인권위원회 농성, 서울지방노동청 농성 등 8개월 동안 하루도 빠짐없이 싸웠습니다.

이러한 노력의 결과로 올해 2월 2일 노동부는 서울대병원이 무료 소개소를 폐쇄하고 끌어들여 온 유료 업체가 불법공급 사업을 했다는 결론을 내렸습니다. 이어서 2월 17일 서울지방노동청장은 면담에서 '불법공급 중단과 노조가 운영하는 무료 소개소 운영' 등을 약속했습니다. 그러나 약속은 이행되지 않았고, 약속 이행을 촉구하러 서울지방노동청에 농성을 하러 간 우리에게 돌아온 건 경찰력 투입과 무자비한 폭력이었습니다.

간병인은 24시간 5만 원 법정 최저임금에도 못 미치는 저임금에 시달리고 있습니다. 토요일 오후에 나가서 딱 하루 집에서 아이들이 먹을 일주일 반찬과 집안일을 해놓고 다시 병원에 나와서 6일 꼬박 일을 하는 주 144시간의 중노동입니다. 병원에서 계속 살면서 안구건조증에 시달리고 있고, 항상 결핵이나 간염, 에이즈 등 감염의 위험에 처해있지만 예방책은 아무것도 없습니다. 심지어 감염환자라는 것을 간병인에게는 알려주지도 않는 경우가 허다합니다. 24시간 꼬박 환자 곁에서 간병을 하지만 쉴 의자나 휴식공간 하나 없습니다. 보호자가 와있으면 침대 옆에서 아니면 복도에 계속 서서 기다려야 합니다.

우리를 더욱 힘들게 하는 것은 유료 소개소의 중간 착취와 인권 침해입니다. 직업 소개를 명목으로 월 회비 5만 원에다 입회비 15~30만 원, 거기에 장기 환자를 받기 위해서는 10만 원, 20만 원씩을 상납해야 합니다. 때로는 관리자로부터 상품 강매까지 강요받습니다. 감시와 통제도 심각합니다. 바른 소리 한마디라도 할 때면 당장 그만두어야 합니다. 그야말로 인권과 노동권의 사각지대입니다. 이러한 간병인 유료 소개소는 전국에 1천 750여 곳이나 되고, 20만 명의 간병인들이 속해있습니다.

또한 피해를 당하는 것은 환자 보호자들도 마찬가지입니다. 간병료에 대한 중간 착취는 그대로 간병료 과다 청구로 이어집니다. 더욱이 유료 업체들은 간병인에 대한 교육은 아예 하지도 않을 뿐더러 간병 서비스의 질은 현저히 떨어집니다. 더구나 국민의 세금으로 운영되는 공공 의료기관인 서울대병원이 무료 소개소를 폐지하고 유료 업체를 들여옴으로써 환자와 간병인 모두가 피해를 보고 있는 것입니다.

작년 가을에 시작된 우리의 투쟁은 이제 추운 겨울을 지나 다시 따스한 봄을 맞았습니다. 그동안 간병 노동자의 현실이 세상에 알려지기 시작했고 간병인 유료 소개소의 폐해 또한 드러나기 시작했습니다.

우리의 투쟁이 환자와 간병 노동자 모두에게 바람직한 방향으로 간병제도를 개선시키는 데 조금이라도 도움이 되었으면 합니다. 또한 하루빨리 서울대병원에서 무료 소개소를 다시 열어 환자 곁으로 돌아갈 수 있기를 간절히 바라는 마음입니다.

| **정금자** 보건의료노동조합 서울대병원 간병인지부장, 2004년 5월 |